雪泥鸿爪

戴士和艺术随笔

戴士和 著

河南美术出版社
·郑州·

图书在版编目（CIP）数据

雪泥鸿爪：戴士和艺术随笔 / 戴士和著. -- 郑州：河南美术出版社, 2025.7. -- ISBN 978-7-5401-6915-2

Ⅰ.J267.1

中国国家版本馆CIP数据核字第20255MS801号

雪泥鸿爪：戴士和艺术随笔
戴士和　著

出 版 人	王广照
责任编辑	李　娟　张雪怡
责任校对	李　曼
责任设计	书籍/设计/工坊 刘运来工作室　徐胜男
制　　作	杨慧芳
出版发行	河南美术出版社
地　　址	郑州市郑东新区祥盛街27号（450000）
印　　刷	河南印之星印务有限公司
成品尺寸	240 mm × 170 mm
开　　本	16开
印　　张	17
字　　数	232千字
版　　次	2025年7月第1版
印　　次	2025年7月第1次印刷
书　　号	ISBN 978-7-5401-6915-2
定　　价	89.00元

前　言

王　琨

　　画画的能写好文章的不多，写文章的能把画画好的也不多，画画的能把文章写出彩的更是凤毛麟角。

　　理论上说，画画、写文章对于创作者而言应该是一回事，都是表达自己的想法，只是手段不同而已，一个是把看到的变成画，一个是把想到的变成字，高度在，应该不在话下。事实上，在现实当中能同时做好这两点并不容易，终归是两个行当，各有路数，能统一玩转的多是有道行、有文化，打通了文脉的高人。

　　戴老师是能画、能写的代表人物。他的画，独树一帜，色彩强烈、视觉冲击力强，富有生命力与想象，笔随心动。他重写生，倡导写意，在自然与生活中汲取创作灵感，所以他的作品来源于生活又高于生活，耐人寻味。他在绘画上取得的成果，既推动了中国写意油画的发展，又提供了深刻思考与视觉盛宴有机统一的范例。

　　30年前，一本小册子《画布上的创造》探索了绘画语言的相关问题，比如对抽象绘画、写实绘画的再认识，绘画语言自身是内容与形式的统一体，作品是作者精神的自画像，写实与抽象具有内在的统一性等观点，这本小册子至今仍启迪着许多艺术门徒。戴老师早慧先觉，那时也不过30多岁，后又写了《写意油画教学》，对具象绘画、写意油画及其背后蕴含的文化、历史及精神内涵做了深入挖掘，帮助读者理解具象、写意在艺术长河中的独特价值与发展脉络，并提出将中国传统写意与西方油画技巧相融合，对写意油画的发展起到了重要的推动作用。

《苹果落地》一书用生动的文字记录了戴老师对各种绘画风格的观察与思考，通过细腻的描述和深刻的解读引领读者领略绘画艺术的魅力，提升了大众对绘画的鉴赏力。他鼓励艺术家大胆探索，勇于尝试新的绘画材料与表现形式，主动对画面元素进行选择、组合与重构，使作品成为画家内心世界的独特映照。

我从年轻时就拜读戴老师的画文，后又成为戴老师的学生，而真正与戴老师的文字结缘是邀戴老师为《中国油画》写专栏《戴氏论坛》。每期一段，每篇文章我是最先读到的，戴老师的文章常让我拍案叫绝，深入浅出，通俗易懂，让人思索、回味，既为《中国油画》增色，又受到读者的赞赏和追捧。

今结集出版的《雪泥鸿爪——戴士和艺术随笔》这本文集主要以这些文章为主。我非常高兴，戴老师能让我写序，我虽对文字之道略有涉足，然学识尚浅，实诚惶诚恐。戴老师文字底蕴深厚，我恐力所不逮，难以尽述其文章的精妙之处，或其深意远超我之所悟，愿读者以自己的视角去品味这些美文，一定会发现其中更多的魅力和深义。

我是戴老师的学生，戴老师是我的榜样和偶像，我愿努力作画、为文，努力成为一个好的文化人。

2025 年 3 月 26 日

目 录
CONTENTS

随画随记 1
不舍得松懈 7
分分合合 12
"非遗"的宝贝儿 17
会叫的鸟 22
一把好手 28
人生的牵挂 33
临摹也开窍 37
你看看人家 42
写意的追求 47
涂涂改改 53
调色板 擦笔纸 58
怪物有意思 62
心有定力 68
从油画班说起 73
遇上雨 遇上风 78
被机遇推着 80
雪泥鸿爪 85
编自己的筐 90

读新书稿《写意油画图史》	95
不为难谁	100
黄河的子孙	104
皮罗斯马尼的红玫瑰	106
好眼力	112
尼尔单刀直入	117
聊聊考学	122
看似简单	127
难民的船	133
戈雅的洞察力	138
大雪时节	142
谁的苹果	147
梁先生的课	152
小猴子的寓言	156
毛茸茸的春色	162
他画的鱼挺肥	167
八竿子打不着	172
梵高不觉得自己穷	176
沪上行	181

澜沧江畔	187
那是条汉子	191
讲究不讲究	196
画室内外	201
迎面吹来大海风	206
谋划之外	211
清迈的佛像	216
写意是个追求	221
他画得整	225
想飞的人	229
四月惠安雨	234
志向高远	239
不迷信洋的主义	243
刺出血来	248
阿尔泰山下	252
江石文夫妇	255
四进考场	258

随画随记

1

想法总在改变,随着阅历的增加,知道了事物不同的侧面,也就知道自己的不足,甚至武断的狭隘。"觉今是而昨非",有所提高总是幸事。

记得我刚进社会做学徒工,是高中毕业二十岁年纪,遇见一个头疼事:全厂工人统一去医院打什么预防针,大家不料,巨疼。更恐怖的是这个针不是打一次就完,隔N天还要再打。这可咋办?我们年轻人议论着怎么给护士提意见,要不要找医院领导。听我们说完,旁边老师傅老练地笑了:可千万别给打针的护士提意见。你试试,下一次再打针的时候,见到护士你要赶紧夸她:"我运气真好,又遇上您,您技术太好,别的工友打针叫疼,您打针可是一点儿不疼,压根儿我就没感觉呀!"事实证明老师傅说的果然灵验。

多年以后做壁画。工程分甲、乙方,画画的人是乙方,出钱的是甲方。遇上甲方是那种牛哄哄刚愎自用、喜欢居高临下的摆谱,这时候咱乙方不妨将计就计。比方两个方案需要选定，咱们乙方心里选择 A，那么给甲方就提议 B，于是甲方往往摆起架子来："那 B 可不行。"他给否决了，咱乙方正中下怀。这跟护士打针的道理相通。如果傻乎乎地跟甲方说学术、讲道理，那是万万不行的，一准坏事儿。"针管"可是握在人家甲方的手里。

走出校门，进入社会才知道书本学到的有限。学校圈子小，外头的世面大得多，时时处处皆学问呢。

2

所以，学无止境。无论在校读书的成绩怎么好，还是得继续学习，得继续提高，得不断精进，不断自我更新。

想到烟斗。

马格利特那幅著名的画《这不是一个烟斗》，我初见这画的感觉是矛盾的。一方面觉得立意很好，言简意赅，画就是画嘛，艺术本体。另一方面又觉得这烟斗画得干巴巴傻呆呆的，没啥看头儿，既然没有看头儿，还辛苦一笔一笔画它做什么？您的命题有趣就把命题拿去写文章吧，何必一笔一笔画画儿？画嘛，总要画得好。

我这个矛盾态度有不少年头，自以为公道。直到眼界打开才恍然大悟，其实是自己狭隘，对于"画得好"的标准理解得窄了。人家马格利特画得好看，是一种别样的好看，我没看出来。那是在欧洲逛博物馆的时候想到的，很偶然的机会，恍然悟到了"字典插图"风格。欧洲的老学究大字典，常常有"标准的"插图，比方青蛙，比方手杖，比方眼镜。作为插图可谓独有风格，另成一体，与文学诗歌的插图很不一样，各是一路。"字典插图"的风格是拒绝浪漫，

马格利特
这不是一个烟斗
1926年

拒绝煽情,且避免个性,务求典型,务求概念无误不生歧义,或曰力求没有味道。从而,显得特别客观,特别"正确",特别"纯知识",就像把脸板起来的表情。

正是这一种表面上"没有风格"的风格,大家司空见惯或者说视而不见的风格，尤其在知识阶层，阅读习惯很好的阶层，书本上的道理接触过很多的阶层，都熟悉这种风格。这风格所代表的就是两个字"诚信"，或者四个字"毋庸置疑"。

马格利特以这种"字典风格"画烟斗，标题是"这不是一个烟斗"，够犀利吧？这是质疑成见，质疑对艺术与现实关系的成见。所以，画得越"字典"，便越有味道，越有锋芒，越耐看。或者说，越幽默，越逗。

画得好看与否，历史上标准是多样的，因创作的课题变化而变化。

我好不容易想通，进了一步，没想到居然花了好多年的时间。

3

画的观者首先是作者自己，然后是周围的小圈子，有没有更大的大圈子就难说了。说"全民族、全人类"都是好心，但能够真正做起来的，还是从自己、小圈子里开始。进什么山唱什么歌而已，语境的产物。欧洲画家创作能不能针对亚洲话题？难。

马格利特画烟斗自己一面画一面笑，给小圈子人看也击掌也笑。其实都知道出了这圈子恐怕没人笑，非但不笑还难免责问："油画是这样画吗？"马格利特会说：您想怎么画就怎么画吧，我们只是自己的雅兴。

力求兼听之明，力避偏听之暗。画画既是手上的活儿，更是心里的事儿，绝不能只是当作手艺去弄。别人心里有别人的事儿，所以别人喜欢别样的手艺，统一不了。

过去就一直不统一，今后弄多少机器人帮忙也统一不了。当然，又何必统一？各地的方言多么有味道，统一成国语之后寡淡了许多，作为工具尽管使用，但是如果就此取缔方言，那就代价过高，文明倒退了，幸好没有。

4

想法总在发展，自己不断否定自己。每次进步都是对过去的修正、改进甚至推翻，这是高兴的事、喜事。高人有云"我思故我在"。想当初十几岁年纪的时候，哥哥帮我养成了一个好习惯受用一生：随手记。在裤子的口袋里带上一个小本子，随时取出来用，用它记下想法、记下思路、记下思路拐弯的路标、记下备忘的提示、记下心里的疑点、记下好想法的苗头。不必成篇，不作发挥铺陈，只记要点，记要害之处，关乎痛痒之处，本子要小才方便，各种场合不碍事。当时能买到硬皮的小本，最小开本比"小人书"还小一点，几分钱买一本。记得看电影会把自己想成电影中的角色，如果是我那时候该怎么办？打还是不打？会不会中了鬼子的奸计？挺投入，挺紧张，也过瘾。后来又长得更大一点，跟老师学画速写，画速写也是随手记，记些其中的要点，关乎痛痒的要点。看到的画下来，想到的写下来，之间很多都相通。事后翻出来看一看自己曾经关注过什么？曾经怎么想的？不能全凭脑子，还是记下来好，一笔一笔，清清爽爽的，自己都认账。

记录想法的小本子和画速写的本子合并成为同一个本子，这是后来的事。一个本子两用，图文并置，相映成趣。那年在黑河画画，晚饭后有几个小时的空闲时间，我就用速写本抄《世说新语》，尽量工整写字，跟白天的油画没有直接关系，却也恰恰是心境的不同侧面相互依存。

连速写带速记，两本合一，很好玩。李宗盛的《山丘》唱得好："想说却还没说的，还很多。"记得以前朱乃正先生在美院的会场上走神，会用记录

戴士和
乔治
速写
2024 年

纸画画，像我们小时候上课走神画画一样，并不被老师喜爱，朱先生画的是一个一个方形的小构图，风景，黑白灰的布局。这些构思构图后来未必没有发展成作品，算是些萌芽。难得想到就记下来，免得忘了。记得朱先生散会时把纸叠好，带走了。

2024 年 8 月 15 日

不舍得松懈

1

　　看某地电视台一则小新闻，集市的水果摊报警有人偷了一个橘子。监控录像很清楚，小偷的动作遮掩着，拿了一个靠边儿的橘子，很快就塞进自己的手提袋里，显然是有意的行为。当事摊主和邻近摊主对着采访镜头都说，"要追究，不能放任"，个个义正词严。于是肇事者被扭送相关部门，罚款数百元。小偷的脸上打了马赛克，也许是新闻的规矩吧。但是说了，那是一个妇女，年龄七十多岁，问她为什么要偷，回答是饿。

　　当时我就想起了冉阿让，《悲惨世界》那位主角，那个苦役犯。他一生的苦难，19年的关押，都源于年轻时的一次偷窃，偷了面包，因为饿。

　　冉阿让年轻，他刑满释放的时候故事刚刚开始，后面他与沙威警长斗智斗勇，当企业家、当市长，一生好戏还长。我想，偷橘子的这位老妪恐怕是不会那般幸运了。

2

《悲惨世界》是维克多·雨果的代表作之一，太有名了，被无数次搬上舞台，搬上银幕，百余年来打动人心。连同他的《九三年》《巴黎圣母院》等作品一道，成为19世纪欧洲文坛最亮的星群之一。大文豪雨果，人称"法兰西的莎士比亚"，无知的我居然曾以为他的人生是身居豪宅，闭门写作，否则怎么能写那么多作品出来？作家嘛，埋头工作，著作等身嘛，十年磨一剑嘛，但雨果并不是这样。

历史记载，《悲惨世界》的大部分章节是在法国领土以外写出来的，当时雨果被驱逐，流亡在欧洲的比利时、英国等国，原因是称帝的拿破仑三世不能容他。流亡前，雨果在法国曾经被选为议员，热心公益，每天忙着到议会去演讲、去辩论，他唇枪舌剑，夜以继日，他的日程表与其说像一位作家，不如说更像一位政客。

该不该废除死刑？要不要允许离婚？给不给流浪汉公民权？他关注的可不只是"文学事业"，所以，他不是别的作家而是维克多·雨果。有一部法国的传记片把他当年在议会辩论时撰写的发言稿一一罗列出来，那篇幅不亚于他的小说，那也是他的生命，他的热情，他的仗义执言。

阴沉的巴黎，报童一边跑一边喊："雨果死啦，维克多·雨果死啦！"这是著名影片《罗丹的情人》的片头。据说，当时的巴黎街头有百万人为他送葬。我相信这是真的。

3

人生苦短，艺海无涯。哪有那么多工夫忙别的？顾不过来呀。是的，我猜雨果也说人生苦短，但人跟人不一样。正因为人生苦短，所以各自珍惜、各有所守、各有所求，谁都不敢松懈、不舍得松懈。

4

少不了有些人遗憾雨果没能"专注"于文学写作，雨果也少不了感叹"知我者谓我心忧，不知我者谓我何求"。因为文化艺术史上历来就有不一样的人物，不一样的文人，不一样的画家，这些不一样，既是人的活力，也是文坛万紫千红勃勃生机之所在。

想起李铁夫，画得张扬，人也张扬。又画画，又参加辛亥革命，既算是民国的老前辈，也是第一代油画家，第一代的公民艺术家。他资历很深，但处境一直不顺，他一生遭遇的冷落、嘲弄，是中国进入现代工商社会以后，社会大转型的背景下所产生的新型文化人——不同于旧文人的公民艺术家群体处境的一个缩影。

想到意大利的莫兰迪和我们的关良，这二人之间或许有几分相通。二人的代表作都很"纯艺术"，很平和，不关痛痒人畜无害的样子。但这二人的青年时代都有些不一般的经历，那经历都与其代表作的情趣不尽相同，甚或相反。这就难免让后人好奇，这变化是什么？怎么产生的？我说二人之间的几分相通，是说，相距遥远的这两个人所画的"老题材""小情趣"其实并不那么简单，不那么"纯艺术"，把旧戏和瓶子画得古灵精怪，并不简单。所以，画得好叫

戴士和
《蓝蓝的天上白云飘》局部
布面油画
2024 年

作耐看。恐怕，只把莫兰迪和关良想象成一般精致利己的宅男模样，只是玩玩语言，就把他们的画想得浅了。

5

陈师曾先生论文人画，好坏不在于笔墨程式。如果称得上文人画，要义在于文人情怀。陈先生当然是高见，发人深省。今天想，笔墨也好，造型也好，虽是形而下，却也恰恰是形而上的寄托所在，情怀和笔墨之间恰恰是如表如里的一个整体。

说到雨果，他当然不是旧中国的旧文人，而李铁夫或者徐悲鸿，古元或者罗工柳，都是新型的公民艺术家，连关良、莫兰迪也不是旧式的消极逃避者。从画面题材的选取，到造型色彩的趣味，绘画语言总是画家心智的结晶。在现实生活里经历过共同的风雨，而不同的心灵又会开放出不同的花，结成不同的果实。

2024 年 6 月 15 日

分分合合

1

历史上不少画家兼做设计。

张光宇、周令钊、黄永玉……不少先生既是大画家又是成功的设计家,连蒋兆和、德国的门采尔也设计贺卡、商业广告和橱窗。更经典的大师达·芬奇,做过的设计更多,有潜艇、有飞机,在当时还是科幻吧?现在已经正式归入"工业产品"或者"交通工具"的设计专业。米开朗琪罗以雕塑、壁画见长,而同时他亲自设计的大教堂更是惊人的庞然大物。

2

1979年有机会考进美院,我进的是油画系,当时还没有壁画专业,也没有壁画系,是油画系的壁画研究班。当时我自己脑子里对于壁画也几乎是空白,心里是冲着油画系报考，冲着侯一民先生去的。没想到考上以后，学着学着，对壁画越来越喜欢了，时间久了潜移默化，我自己的油画风格也变了，受壁画影响了。学壁画，不是走弯路，俗话说一专多能有好处，自己回想起来，得益不只是把技能增多一个项目。

3

旧的北平艺专是美院的前身，也是音乐学院的前身。艺专包括的专业比较多，不光包括音乐，在美术里面也是既有纯美术类的专业，也有实用美术类的专业。后来专业调整把实用类的专业分出去，单独建院，叫作工艺美院，归国家二轻部管理，不归文化部管。

这一分就几十年，专业曾经被划分得越来越细，行当独立越来越多，不同的行当各立规矩，各建体系，各说各的讲究，各传各的脉络。本来，专业分工有好处，活儿做得更细了，研究做得也细，好处人人看得见。

坏处是门户之见，各占山头互相隔离，把专业的小特色夸张放大，神圣化，把别的专业当成病毒一样防着，有谁做点综合的借鉴，学生胆敢做点越轨尝试，就有"专业思想不巩固"的帽子伺候。

1978年改革开放，艺术教育也改革，也开放。专业之间提防又进入松动时期了，非驴非马的尝试多起来。有的年轻人兴奋，以为机会来了，可能性多了；有的老人担心，因为宝贵的规矩被忽视了。当时我既不够年轻，也不是老人，对两种人的心情，我都知道，甚至能感同身受。

戴士和
片儿警 皮科同志
布面油画
60cm×50cm
2023 年

4

我说自己受壁画学习之惠很大，不仅是指画面上的"平面性"或者"线描"之类的直接技法，更是打开了眼界，大大拓宽思路。过去我的兴趣囿于常规油画，学壁画了之后知道，油画的兴起离我们的时代近，而壁画的历史久得多，壁画是资历太深的老者，油画是后起之秀。当然我指的不是如今社会流行的壁画样式，那些简单装饰感、公式化的流行样式，在历史看来它们只是些"活儿"，在壁画大历史里不占一角、一瞬。在美院我有幸系统学了壁画，用心临摹过历史上的一点壁画，就在心里埋下了有活力的几颗种子，就会记得曾经有那么厉害的古画、那么厉害的古人。比方唐代永泰公主墓的石椁线刻，作为白描之简洁凝练，之生动，之气度雍容，作为造型，作为素描，都不是时下的流行能手可比。

　　艺术家这个社会角色，在工匠和巫师之间。"之间"的距离足够宽，可以容下许多许多的不同门类、不同专业的艺术家，每个人的具体位置不同，而且每个人的不同阶段、不同作品，有些距离工匠近一些，另一些距离巫师近一些。更精彩的人达到成熟，臻于化境，比如大睡莲的莫奈，比如浪子归来的伦勃朗，老笔纷披、真宰上诉，每一笔都难于区分究竟是他的劳作还是他的灵魂。

5

　　说到底都在艺术这个大圈儿里面，工艺也好，实用也好，都是美术，也都是艺术，这是大的道理，基本的道理。历史上大家分一分又合一合，分的时候不忘合的好处，合的时候也别想着天下终于回归一统。分是相对的，合也是相对的。壁画这个专业就正好卡在中间，实用和纯美术之间，这是壁画的特色。

　　在那些号称纯美术的专业圈，一旦来了博物馆的活儿，来了大展的活儿，有谁不眼红、不踊跃？既然也是活儿，怎么就不是"实用美术"呢？

　　至于说各个专业的具体技能，确实各有不同，各有妙处所在。如果说上学，如果说选择，时间有限确实不好下决心。记得访问伦敦圣马丁艺术设计学院时，他们的院长介绍经验，最难沟通的是学生家长们，因为他们怎么也想不通，孩子该学哪个专业可以赶上五年毕业时将要兴起的社会需求热点，这居然是不可预测的，想不通专业选择居然只能凭个人兴趣，凭运气。家长们认为人才需求是可以预期的。现在大家经验多了，不说欧洲，如今中国，AI设计忽然间铺天盖地，气吞万里如虎，提早几年谁预测到这阵势？所以，兴衰撞大运，专业可以有分工，不可以有壁垒。无论从哪个专业着手，都是相对的，都是姑妄，别太执着，入门便是，奔艺术去。

迷信永恒的技能，孤立地追求单项专精，是不是盲人夜路？

记得在20世纪90年代中期，有位当红的法国画家来油画系举办讲座，他的画面精工细作，在市场上卖相不错，据说属于乱真派一路。他的招贴在楼道贴着，庞壔先生路过，我请教庞先生怎么看，庞先生停了一下微笑说："八级木匠活儿。"我也笑了。

什么画算是"活儿"，当然常有各种不同见解。

什么画算是艺术呢，也从来不是"所见略同"：前几年看到媒体采访一位美国画家，媒体说："很佩服你还在坚持着绘画，当下的绘画早就不算是艺术啦。"这位画家回答得好："我爱画画，因为我自己喜欢，并不是因为别人看它是不是艺术。"

2024年4月20日

"非遗"的宝贝儿

一说起油画,必须"原原本本"地画,怕是把油画当"非遗"项目了。

1

在欧洲的美术馆里见到不少当下的作品,已经不能简单归类是不是绘画,因为其既有油画成分,也有浮雕、现成物的拼贴,等等。有一位作者挺刺激,他有多件作品都在"血肉模糊"中展开,给人印象深刻。说说其中两件作品,一件叫作《废墟》,另一件叫作《私生子》。

《废墟》是三维立体的装置,摆在展厅的地板上,像是地震中坍塌的建筑构件。构件外皮是白色的方形瓷砖,薄薄的、脆弱且文雅,瓷砖附着建筑构件的实体,实体却是骨头和肉搅在一起,血肉模糊。瓷砖是文明的符号,白底色蓝线条,青花吧,幽雅不俗。

《私生子》主要部分是绘画,画了19世纪白人庄园主的生活。主人年富力强，在家里与黑人女奴寻欢作乐。窗外风和日丽，女奴们习以为常，没有拒绝，男仆伺候一旁，恭恭敬敬，尽职尽责，混血的孩子在地毯上自顾玩耍，一派和谐，其乐融融。在这幅画的正中，作者把画布撕裂开一个枣核状的大口，大口里面是立体三维的模糊的血肉，有不可言状的流体、固体形成的生理的呼号。作者用血肉模糊来揭示主仆之间的罪恶。

这两幅作品都是综合材料，而不是"原原本本"的油画了。可见作者不是为了继承、捍卫前人的完满的绘画传统，而是为了自己对于当下生活有话要说、要倾诉、要呼喊。

它们在欧洲，在伟大绘画传统的原生之地，作者并不拿油画当作成功的语言标本来守护，并不用"非遗"态度看待油画。

2

弗拉门戈是歌舞，很好看，在西班牙有历史、有群众基础，在街头、在广场、在酒馆里，都可以表演。据说是由吉卜赛人与西班牙南部人的风格混合而成。我听那歌声里面总有很多阿拉伯风味，滔滔不绝的哀怨，连同舞者永远紧锁的双眉，并非一般所说的"娱乐"那么轻松。渔民出海总是生死难料，每趟出海去家人都担心能不能回来，他们的家属都是"惠安女"。弗拉门戈直接打动我的是节奏，用鼓、用靴子，一面打、一面跺。高潮如万马奔腾，气吞万里；收敛如轻弹响指，细腻清晰。节奏本身已经完美，不缺旋律曲调的加入。靴子未必很特别，那技术，那热情，那把控，实在震撼。

这项目很了不起吧？高度完美吧？如果从"非遗"的角度看实在了不起。实际上，原原本本的弗拉门戈也是一直有的，到处演出，专业的、业余的，不

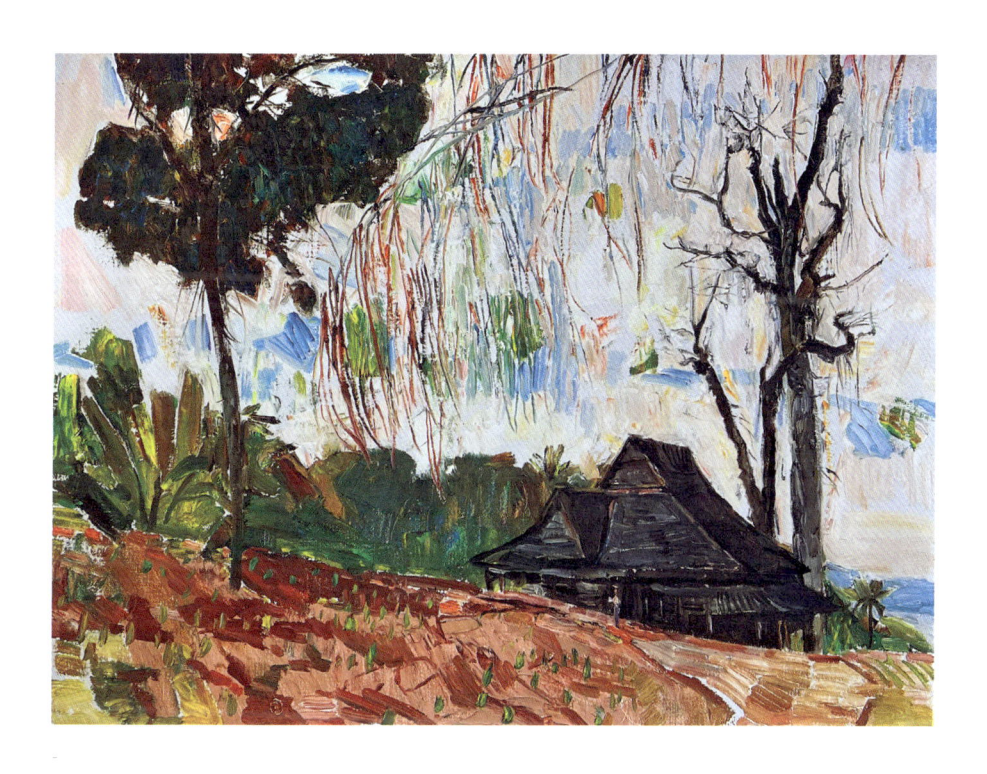

戴士和
曼伦寨
布面油画
60cm×80cm
2023年

断的掌声欢呼在街头、在海边、在居民区、在剧场里也都有。但是并不唯一，继承的同时，对弗拉门戈改革的尝试也一直不断，总有人想做点新的，更当代的，更贴近现实的东西。

　　曾经看过在专业大剧院演出的当代新创作的弗拉门戈，看舞台效果花钱不少，应该是得到了相当支持的，"传统项目的当代转型"吧？打造"现代戏"吧？

"非遗"的宝贝儿　　19

跟传统相比，新派的弗拉门戈添了些主题，舞者很努力地比划着，象征的也许是"拯救"？也许是"解脱"？也许是"不屈不挠"？都"很有想法"，但也令人费解。弄不懂歌舞要不要贴上很多标签？舞蹈本身是尽兴跳起来吧，何苦"比划概念"，哑语？吃力不讨好，退化成哑语，扬其短，补其长！看舞蹈是来受感染的，而不是接受说理吧。弗拉门戈的踢踏节奏感染观众，你说它是讲什么观念呢？它既有性格，又有气度，里面东西很多。但如果拿它当作"语言"，用来图解什么观念，那就会捉襟见肘，索然无味。

"非遗"的宝贝，如果枯萎了，凉了，就只剩下空壳，无论这空壳曾经多么完美。如果没死，它当然就一定会变，不论成功失败，都会发展，会尝试，就像一切有生命的东西一样，这个变化就是生命力本身，谁也挡不住的。一次不成就两次、三次，人还在心就不死。

3

很多时候，说什么东西是"非遗"，就是说它"凉"了，需要扶贫脱困，需要给它输血了。用专业的话讲，传统项目需要当代转型。这个题目很大，尤其在亚洲，在汉文化圈里，需要当代转型的传统项目很多，比方传统戏，比方旧体诗，比方杂技演出，比方水墨画。

其中有一个项目，漆画，这本来是我们的传统项目，在福建等地有深厚的根基，历史上有很多精品积累。但是，在当代就衰落了，许多作品看来看去只是那么些样子，经典变成了刻板，原汁原味变成了僵死，公式了，工艺化了，装饰趣味变成索然寡味了。尽管专业圈子里还是评奖，评大师，但是专业圈子小，从大社会来看，凉了，"非遗"了。

没想到，河内让我眼界大开。越南的漆画接过这个传统项目，几十年凤凰涅槃般完成了当代转型。从他们的地摊市场到国家博物馆大堂，到处可以见到当代的漆画作品。题目涉及广泛，从小景小装饰到革命历史重大题材，漆画工艺全部胜任有余，关键是打破了装饰与绘画之间的界限，新漆画既充满了绘画性也不失漆工艺的特色，大大拓展了漆画这一品种里面画的内涵。比传统更加灵动精致，更加轻松自然，充满生活的活泼情趣，如果跟油画比、跟水墨比，不输给任何一种绘画方式。在那里，新漆画正方兴未艾，不论专业的、业余的，人人都喜欢用，恐怕根本不算是"非遗"，不需要"输血抢救"吧？

无论怎么立志，都要原原本本地继承传统油画，但客观实现出来的还是变了，还是当代变种之一。正如口口声声要彻底摆脱传统束缚，实现出来的也不是传统的清零，而是传统的新转型——如果他画得不算太差的话。

2023 年 12 月 18 日

会叫的鸟

1

记得年轻时候,第一次被花的香味打动,就像忽然"开悟"一样,猛地一下自己都愣住了,四周什么都忽然变了,从呼吸到心里,到眼睛所见,焕然一新。当时的一切都刻进了记忆。那是普通下午的阳光,日常秋天的广场上的人群,但是妙不可言。那是并不生疏的花香,并不特别的场合,怎么就让我恍然开悟?当时并没有故事,所以不知什么缘由。

记得我对古人山水画的态度,也是忽然间转变的。小时候看不进去,黑乎乎的,很闷很烦人。多少年都烦,直到二十多岁之后某一天,忽然就变了,那天一个人靠在床头,不经意瞥见一本旧书,里面的山水画竖幅一条一条,黑乎乎的,那旧书用纸很厚,制版也细致,翻看过好多次,已经很熟悉了,没抱任何指望,奇怪,那天却黑乎乎的魅力散发,感到一种沉闷的压力,活生生的,直接的,前所未有的压力。

对于古画也好,对于花香也好,内心感受的改变并不奇怪,我奇怪的是"忽然间"就变了,恍然开悟,此前此后判若两人,好像是凭空架起来一座桥,幻化为新的状态。花香是本来就有的,不是新东西,但是被打动是新的,幻化是新的,是从来没有感受过的经验。

没有被打动的时候,花香是知识性的,"早就知道的",但是并没有进入心里,没有感受,没有成为自己生活的一部分,那种所谓"知道"比较空。

2

中学的时候读《毕加索传》,至今记得里面引述毕加索的话:谁也不懂鸟儿在说什么,但是不懂并不妨碍我们喜爱、欣赏鸟的叫声。大意是喜欢就好,并不需要预先懂得。

20世纪80年代,在欧洲一个大美术馆里见到一件著名的当代艺术作品,展陈规格很高,占据了整整一个大厅:几十辆崭新的摩托车,整齐排放成几列,再用电线相互连接起来,这一大片车子就轮番地亮灯,前大灯、后尾灯、转弯灯什么的。空荡荡的大厅里,车灯默默地在轮流发光。

开放的初年,满心的好奇,但我不懂,这"鸟"叫的是什么?平时我自以为是个好奇心比较重的人,看这个作品我却无动于衷,没有被吸引。至今三十余年过去,不知如果再见到那些车子,我是否会突然开悟?突然感受到什么东西?也难说,不敢说死了。

只记得当时我见到摩托车旁边有一木说明文字,估计是讲作者的构思吧。那年头没有中文说明,也没有翻译机或者手机翻译软件什么的。我文盲看不懂。记得自己找辙说,说明书即使能读懂又怎么样?一件作品有意思没意思,也不是用文字解说的事儿,即使说明文字头头是道,作品未必不是味同嚼蜡。

会叫的鸟

读古诗常遇到作者用典,喜欢李白的顺畅,半懂不懂也可以欣赏,读着过瘾。懒得抠字眼查出处,不懂也可以不欣赏。会叫的未必都是鸟,未必都好听。

3

看画,被打动,看进去,豁然开悟。"开悟"是看进去了,感受到作者的心思,产生共鸣,受到推动,实现了有效的沟通。

维米尔有一幅名作,画的是艺术家写生的现场,他画的模特是位没精打采的女孩,勉强摆个姿势而已,心不在焉。但是经艺术家写生画出来的,却成了一位神气活现的仙女。维米尔用这画问我们:什么是写生?他提示写生的精华、写实的精华都是从作者心里出来,而不是从对象那儿现成搬来的。人与人所见不同。

这点"不同",正是沟通的动力所在吧?

顺便说到,如果能把角色的心不在焉给画出来,画得恰如其分、妙趣横生,真是维米尔神笔。把真傻画成真逗,点石成金。在画里,画出角色神气活现的比较多,画出心不在焉的很少。

毕加索也画过一幅类似的画,画的也是写生现场。模特在艺术家笔下直接被"写生"成了抽象的符号组合。毕加索在这里就走得更远了。他不仅把傻女孩画成仙人,还把人画成符号组合!已经"看不出来"模特的原型何在。这是什么"鸟"鸣?

齐白石说:"画妙在似与不似之间,绝似为媚俗,绝不似为欺世。"

那么,毕加索是欺世吗?

齐白石说似与不似之间,是他自己摸索出的经验之谈。实践经验总是个别的、具体的、有局限性的。他是画家，说出自己的经验与人分享。他不是长官，不是向别人发号施令，不是给大家立规矩。

　　艺术天地充满了变异，充满了偶然，充满了生动具体的个案，万能的通用办法很难找到。历史上雄心勃勃的尝试，比方万能的现实主义，就企图从库尔贝抽离拔高，变成放之人人而通用的大规则，当个理论说起来挺雄辩，振振有词，当做创作方法却悬在半空。再比方万能的"个性"，万能的"原创"，万能的"现当代"，都很牵强，不敢当真。只是借此倾听人们心中的许多愤懑，许多不平，许多雄心而已。

　　齐白石讲的话，大都是自我告诫，自我警示，所以老人很可爱，可亲可敬。他自己专业上宽一点也好，窄一点也好，作为个体，把自己能干的干好，不荒废自己的机遇，不低估自己的处境就好。而毕加索在那幅关于写生的画里表述艺术家所见与常人之不同，好像已是公认的命题，但是这不同究竟有多大？有界限吗？谁又能规定这个界限呢？

2023 年 12 月 16 日

戴士和
勐景来村
布面油画
80cm×60cm
2023 年

戴士和
《孟夏景
布面油画
2018 年

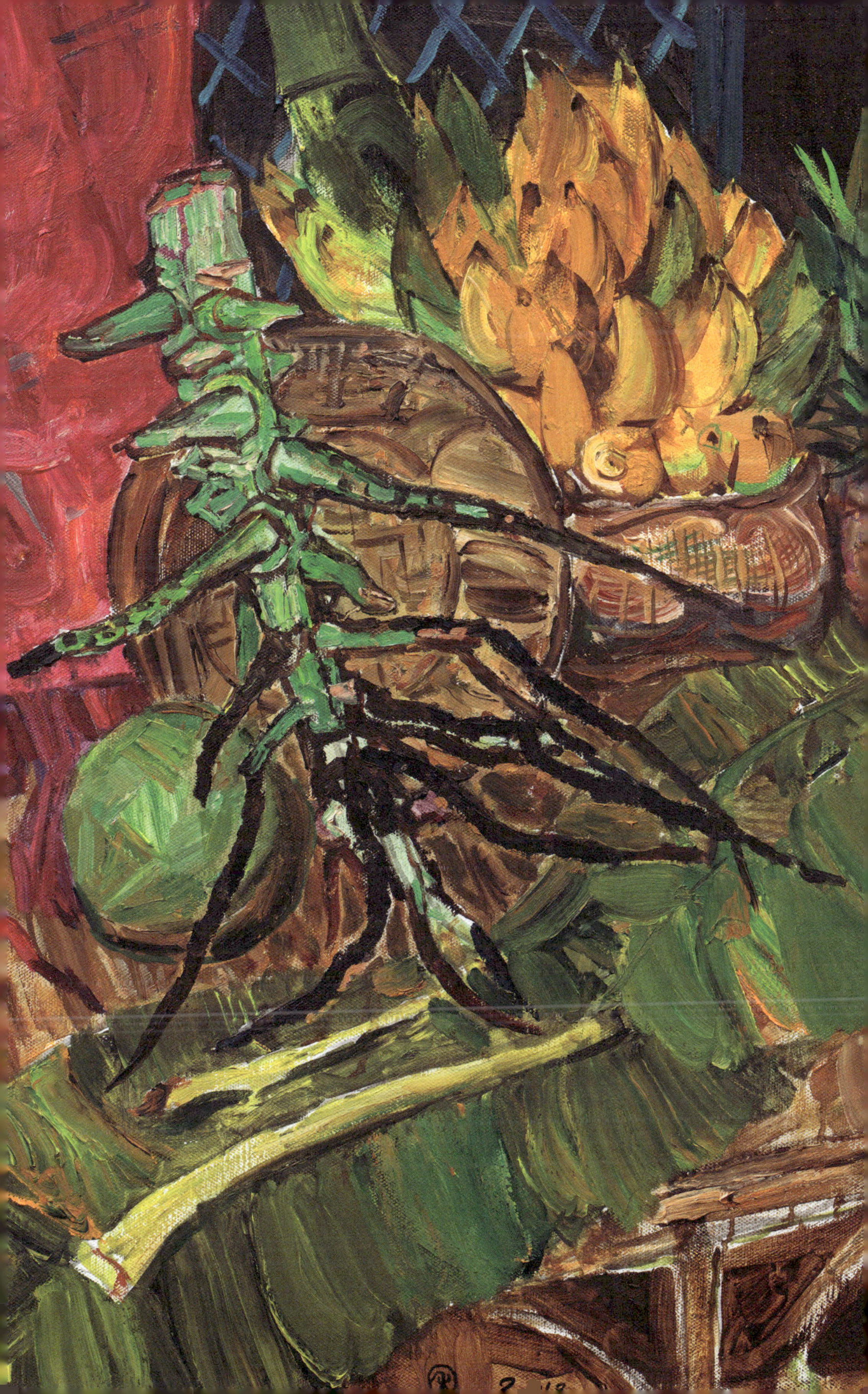

一把好手

1

法国 19 世纪的画家布格罗画圣洁的农村妇女。库尔贝他们很反感，反其道而行之，专门画石工、画肮脏、画沉重、画各种不雅。"你去画你的圣洁吧，我们面对现实，我生在其中的现实就是这样的不雅，我亲身所感就是这样沉重。"库尔贝由此创建了"现实主义"，与布格罗的优雅截然不同。

如果说作画的技法，库尔贝跟布格罗都很厉害，而且从画法的类型说，大体都归写实的方法。艺术的主张尽管对立，画法所差却不过毫厘，就像说人的基因跟猿相比，百分之九十九点几几几的基因都一样，所差无几，灵长目，同门，同纲。

走在奥赛的展厅里，放下美术史的喧嚣，平心静气地看看两个人的作品，布格罗画中诗意的晨曦，优雅的奶牛，圣洁如女神的挤奶工，她们手提的桶子，身边的草丛花朵，不仅画得逼真，而且"挺美"吧？谁能说他"画得不好"？再看看库尔贝画中的奥南人群，那些困顿的中年人，那些铁器的质感，那些臭烘烘的皮袄,仿佛打开了视觉的另一扇门,库尔贝站在门口大声说:"布格罗撒谎,现实不是那样子的,请看这里!"

布格罗最终败下阵去,不是因为他的写实能力不够,"画得不行",写实不够正宗、不够地道。仅就写实能力而言,他和库尔贝都是一把好手。

2

好手之间的比拼看什么? 如果说细腻,说优雅,"布格罗们"沙龙绘画优点多多,可以说诗中有画、画中有诗,况且他们笔下的美女壮汉都是劳动人民了,神仙传奇已经不在舞台中央,从宗教故事一路改革过来,跟生活贴近得多。从受众看,对布格罗一类作品由衷买账的应以教养的人为主体,他们眼里,好画大体就是布格罗这样的,即使追求进步求改革,也是在这个大体之内的改革。美术嘛,总还要美不是?

3

但是库尔贝不依不饶,说布格罗撒谎,说现实是我画的这样子的!
艺术讲什么,立意是根本。

4

　　法国有所谓乱真派，是比较小的群体，他们有技能崇拜的嗜好，看他们笔下的室内，那些木桌、毛毯、铁炉子、皱皱的衣服、油油的前额、毛茸茸的发髻，说乱真一点不过分，说他们个个都是"写实能力"的一把好手，一点不过分。初见很被吸引，但是眼球被吸引之后还有更多的东西吗？

　　技能本身当然有吸引力，有魅力。

　　写实的技法又是特别容易讨喜，文化门槛低。欣赏口技的门槛比古琴低，写实技能这道门槛，套用古人画界画的说法是"难成而易好"。

　　乱真派跨过了写实这道门槛，欣欣然沾沾自喜，然后熟能生巧举一反三越画越好。

　　库尔贝其实也跨过了这道门槛，但是他并不以一把好手欣然自喜，而是继续往前走，走了很多路，以至于很多人都忘记了他曾经是跨过，而不是绕过了这门槛。

5

　　库尔贝不依不饶，并不是因为布格罗不是一把好手；

　　不是因为布格罗写生不够多；

　　不是因为布格罗画里的颧骨没有画完；

　　不是因为布格罗的画构图不够整；

　　不是，不是技能；不是造型也不是色彩能力；不是物象的结构，也不是画面的结构问题。

库尔贝说：你撒谎，你不真诚。库尔贝说：你唠的都是过年的嗑儿，说的都是现成吉利话。库尔贝说：在生活面前你无话可说。

说到底，无话可说也就没有技能可谈，当然也没有什么"好手"可谈。

6

民国时候，"写实"和"现实"两个字都当"主义"说，不严格。20世纪50年代，按照苏联课本把现实主义尊为圣典且奉为唯一。如今又把唯一的现实主义改回去，改成"写实主义"。为了宽松吗？我想或可以不讲唯一，双百就好。本来"写实"够不上什么主义，我看"写实"只是一个技法的类型，而且边界模糊。作者们的真问题是归了类型之后再怎么弄：在写实里你要写什么实？在生活里关注什么？在意什么？你盯着什么看？你的感受是否真的值得画出来？这是真问题。画得好不好，技法强不强，都围绕这个真问题，是一些附带的"子问题"。

7

认识总是在矛盾里鉴别。

从小记着齐白石的告诫，切不要眼高手低，不可议论阔大而本事卑俗，务必重视动手操作，重视绘画过程的操作性，重视手气、手感里面的意味。画家不是大话吹出来的，是从"一把好手"里逐步修炼出来的。好画家出于好工匠。一把好手受尊重，这没问题。

事情不这么简单，还有另外的侧面。

沉醉在"一把好手"里面乐不可支，竟以为天下之美尽在己，一招鲜吃遍天。不相信天外当真有天，人外当真还有高人。自诩是本分人靠手艺吃饭。什么是返璞归真？

网干酒罢，洗脚上床／休管他门外有斜阳。

不免想起六祖慧能得传衣钵以后隐姓埋名多年，做苦力当农工甚至帮猎户，不求闻达，辛辛苦苦偷活草间；不免想起意大利的圣方济各，告别上层优裕的生活，告别通畅的仕途，散尽手边的财产，走进阿西西的深山，讲道生活。他确信罗马错了，虽然罗马的大人物位高权重，但是他们不对。

白石老人关于"洗脚上床"的名句，可以联想六祖隐遁江湖的日子，可以联想圣方济各在阿西西深山的日子，想象到他们的"平常心"，他们朴素的生活选择。那是他们的幸运，是他们的享受，也是他们的修炼，是他们出于本性的宿命，在已经达到"一把好手"之后。

2023年10月9日

人生的牵挂

1

关良和林风眠两位先生的作品都经历过大的变化,成熟期的画风与早期年轻时候很不一样。这种阶段性的发展变化并不少见,比方莫兰迪,比方弗洛伊德都有,创作面貌的变化往往跟作者处境、阅历有关。关良先生年纪轻轻就投身大革命,在北伐军政治部作美术宣传干部,看那些历史照片上,关良一身戎装,扎着绑腿,满脸灿烂笑容。可以想象他设计的传单,他画的招贴和漫画,应当跟三十年以后寓居上海、杭州听旧戏、画传统的委婉含蓄的风格完全不同吧。

2

林风眠先生的早期作品流传下来的印刷品已经发掘到不少，可以印证他从回国到国立北平艺术专科学校任职期间书生意气，要让艺术走上十字街头的社会激情。这种激情直接入画，一直坚持到20世纪30年代初，他在国立杭州艺术专科学校的初期。之后，转入仕女、花卉、鹭鸟，变成了我们熟悉的那位林风眠——"为艺术战"的林风眠。

两个阶段之间蒋介石有次去杭州艺专视察，林校长介绍自己的作品表现的是人的痛苦，蒋介石问：青天白日之下哪来的那么多痛苦？

通常以为林风眠从"为人生"转变为"为艺术"了，甚至以为林风眠放弃了艺术的"社会批判性"，改画些可有可无的小题材，躲进有益无害的笔墨休闲，自娱自乐，与世无争，只管自己卖画赚钱去了，其实并非这么简单。

3

林先生仍只是林先生，他成熟期的仕女花鸟并不是齐白石，他早期的呐喊也不是鲁迅。把鲁迅与齐白石对立起来本也不妥，多少个齐白石可以折合一个鲁迅？杜米埃的漫画、招贴、雕塑都好看得很，但是可以取代莫奈吗？艺术家感悟生活各有角度，社会使命、角度不同，各有侧重，风采各有魅力。

问题不是"如何画出社会功能来"，而是能不能画出一张与社会现实无关的作品。

4

表面上看,画得越写实就越接近现实生活,其实并不这么直接。

记得看过的两幅油画,是写生某公园的同一丛树,老师画一幅,学生也画一幅。两相比较,学生画的规矩工整,环境色丰富,枝条形态富于变化,周到细致。而老师则精炼很多,白画布上老笔纷披,浓郁的色彩,顿挫的节奏,充满了不死的生命力。如果说"挑毛病",哪一幅也没有"毛病",但是如果说动人,老师这一幅就更加专注,笔笔挺拔茁壮,没有跑神的套路,像书法一样单纯、硬朗、利落、直指人心。如果说两幅画的不同,那就是两位作者的志趣不同,着眼点不同。人跟人不同,经历同一段人生,往往各自留下不同的牵挂。

5

毕加索一生创作可以分成好几个阶段,蓝色时期、红色时期、立体时期、古典时期,等等。画面看来变化很大,甚至是颠覆性的震荡。但是,他对于人,对于人性各个侧面的敏感,他的目光犀利,他的质朴和淘气,他的热情正义感却贯穿始终,只是在不同阶段的语境里表述出来。

关良先生、林风眠先生各有创作的发展路径,而成熟期林先生的小品,那些林间的小鸟,那些湖光山色,那些游魂般的仕女,那些艳丽矜持的花束,仍旧散发着他对于现实生活耿耿于怀的浓郁的芬芳。关良先生在戏剧人物画上的开拓,更是寓大历史于烹小鲜之中,其智慧才情令人感慨不已。

6

不同作者各有风采，不同时期各有风采，不同题材各有侧重，相同的题材又各有开拓。而在其中一以贯之、经久不变的是作者的生命活力、坚韧的意志、不懈的追求。

伦勃朗的《浪子回头》，莫奈的《睡莲》，梵高生命最终画成的《麦田》，都真切感人，既是艺术创作，也是其人生体验的结晶。梵高一生几乎不画所谓的重大题材，但是，他笔下的村舍、小路，他描绘的工人、农妇，他画出来的一桌一椅，却都笼罩在社会变动的大阴影里，都牵挂着作者的情怀不能平复。可以说，在他的笔下，没有什么题材不是重大的。或者说，眼前的一切，凡是他看见了就变得重大，被他画出来，就震慑人心。

2023 年 8 月 18 日

临摹也开窍

1

　　画画是件动手的事。画家，半是巫师半是工匠，就包含这个意思。光是有想法还不够，还得用眼睛看出来；光是说有意思还不行，必须用手用笔画出来才算。齐白石说，画画的人不能空说不练，眼高手低，议论阔大，本事卑俗。尽管人跟人性格不一样，像黄宾虹口若悬河滔滔不绝，而齐白石则木讷寡言。话多话少各有性格，没关系，要紧的是必须动手，必须动手画。画什么？写生，临摹，都好。就从临摹说起吧。

2

　　有说国画学习从临摹入手，西画不同，要从写生入手。好像是这样，其实并不尽然，了解越多越发现，西画也是一样，也需要临摹，如果有意地将临摹与写生交替进行，效果更好。

戴士和
雨夹雪
布面油画
100cm×100cm
2022 年

3

记得1979年跟陆鸿年、王定理先生临摹敦煌壁画，遇上平山郁夫也在。那时候千佛洞比较干净，没有游客也没有娱乐，连喝的水都是部队的卡车每天运过来。大家安心，专注临摹，每天从起床画到晚饭。陆先生讲课用晚餐后的时间，讲几个朝代的壁画有什么演变，并不限制每人的临摹方法。我自己试着临了些线描，也用油画临了一部分。初次正式接触传统，拉开架势临摹，当然是很幼稚，很皮毛，虽然几周时间里一头扎进去，但是收获一言难尽。从敦煌回到北京不久，我就被永泰公主墓石椁线刻的人物吸引，觉得时空穿越，那些线描的人物仿佛活了，有血肉、有脾气，那些线条也不再枯燥僵硬，不是简单的一种画法程式，而是每一笔顿挫都有人物的依据，每一处概括都含着幽默的提炼。永泰公主墓线刻这朵花在我心里活了。

此后到淮北、徐州去画矿工，就开始试用这种线描作人物速写，由此写生开始有一点新面貌。回想我对于造型的新体会，就是这一段临摹得来的。从临摹受益，在速写线描显现出来。在敦煌"关上门"专心临摹一批画，是此后忽然"开窍"的基础。

4

临摹敦煌壁画是学校的课程安排，是必修课。

在欧洲考察教学，知道他们的课程也有临摹必修课。我见过他们学生的作业是临摹文艺复兴时期的人体速写，A4纸那么大幅吧，完全按原作尺寸，尽量用相同的纸、相同的棕红炭精棒，甚至细心做出底色。难得那位做底色的学生，竟然一点也不抵触这个课程安排，兴致勃勃、仔仔细细"玩"得很开心。不抵触的学生是幸运的学生。相反，不肯临摹的学生耽误了自己，无论他提出什么聪明的疑问，说得多么占理，不干就没有收获。

　　世界很奇妙，临摹课的好处谁说得清楚，究竟将来在哪里引发开窍呢？吃下胡萝卜以后，究竟长了上肢，还是长了牙齿？不用追究，吃就是了。临摹荷尔拜因的素描究竟是学他的理性，还是学他的感性？

5

　　课外的临摹就多了。自主选择的课题，自己设计的临摹方法，为了学习，为了细看。

　　记得有的老先生在20世纪70年代开放初期，找毕加索作品临摹，也许是为了补什么课，也许是为了验证什么道理。记得我在临了若干马蒂斯的室内静物之后确实认定，好看的颜色不都是写生出来的。

　　临摹的好处多，几乎是开卷有益、动笔有益。预先有一个明确的课题当然好，没有也未必不好，只要喜欢就好，有兴趣就好，玩起来就好。我在临马蒂斯的时候是相信写生的，相信写生色彩是各种好颜色的基础，一边临摹一边悟：不对，不是这个关系。从写生出发，有些概括提炼不出来的色彩，也很好看。条件色不是一切色彩的基础，这个信念也是临摹给我开的窍。

6

古人在画面上题款,有时写"仿某某""拟谁谁",实际上仿到什么程度,拟到什么地步,很可能视觉相距甚远,也许那画面本身压根就联想不到谁谁那里去。书法也是,写着"仿某人某帖",看出来也并不容易。那是什么意思?瞎客气吗?还是为了显摆出身来路?

首先,若不是初学性质的临摹,就已经是创作本身了。其次,从大的传承脉络上讲,学了前辈若能够得其形,得其法,得其神,各有所得有何不同,也都该一律心里认账,认账是自己的老师:其中既有入室得其亲炙的,也有偶得机会曾经向人家请益的,哪怕只有一次半次也算,更包括自己服膺,虽无当面请教,但反复观摩其作品,熟于目、记于心的,都是自己师承的来源,并不必表面上一笔一画表演恭敬。

古往今来大家都临摹,也都临得不太像。

其中那些比较"像"的东西,就叫传承,不太像的就叫"变异"吧?变异得厉害了,也许就出了格了,就引人注目了,甚至被贴金标签,说是"创新"了。比方《亚威农少女》,那造型都是非洲籍贯吧?出处难道不明显吗?就说是变异了,也不好自吹是"原创"吧?相比之下,古人在自己的画上题款"仿谁""拟谁"也有一层意思,就是不愿意轻言自己独创。山高水长,出处总是有的,明里暗里,所以,说学习、说临摹吧,其实不丢人。

大大方方地临摹吧,很值得做,很好玩的事情。

2023 年 6 月 16 日

你看看人家

1

卖DVD的人经常问顾客："您看哪类片子？"比方"西部的"？"警匪的"？"职场的"？这些问题我常常答不上来，因为每种类型的片子有好看的，也有不好看或者不算太好看的。我的经验之一是：看谁拍的，比方米开朗琪罗·安东尼奥尼拍的片子就比较有意思，只要出于他的手，东西都有点看头，无论题材大小，无论故事片还是纪录片。

这就像读书了，看来看去看的还是作者，读书读的是作者这个人，哪怕同一个题材，同一件事情，同一个道理，终归还是得看由谁说，不同的人说就不一样。究竟有没有看头？光讲题目题材不行，光讲"这个我知道，早听说过了"不行，读书不光是浏览知识呢。

欣赏艺术更不是"知道不知道"的事儿，姑苏城、寒山寺、江村桥、枫桥，大家都知道，早就知道，都不算新题材、新领域，但是人家写得好，读者的心弦被拨动了，这是主要的。

2

  一幅好作品的动人之处可以很多，其中总有一层在于作者的人生态度。他的专注，他的固执，他的在意，他的超脱，他的风雅，他的淳厚，他的理性，他的锋利，他的机智，他的包容，他的一板一眼不肯转弯儿，他的四通八达全无界限……都可能成为动人心弦之处。

  有时候，人生态度这东西是借由画面角色的样子表现出来，比如圣母，比如烈士。但更多是借由作者叙述的口吻、腔调传达出来，比如讥讽、轻蔑的或者恭敬的态度。这些包含在叙述里面的态度比较隐蔽，观众受到了感染却未必能识别出来，更有意思之处在于，连作者自己也未必是"有心"故意嘲讽，但是行笔至此，不由自主地"带进来"，于是生成了、成就了作品精神魅力的有机组成部分。而且，特别有效，这些东西尤其动人，甚至比那些刻意为之、正式立意的还要动人。

  可以说，一幅画能否成功，有时候恰恰看创作过程能不能有效地打开自己感受的"闸门"，释放出那些"不由自主"的东西，活起来、动起来，一并加入画面，而不是僵死地固守住原初的构思和立意。最直接的例子是肖像，如果画某位作家，对他神态的把握囿于"深刻""深思"之类现成的概念，就画不好，必须有某些"不由自主"的东西，自发的东西被观察出来，参与了体验、创作的过程才是"活的"，有血有肉的，有灵魂的，从而超越了一般理性地说事儿，超越逻辑清楚的常识水平。

  影片《现代启示录》的导演科波拉说自己在拍摄过程中有矛盾心理：一方面是因为影片是反战主题，科波拉痛恨越战的残忍；另一方面是对于现代武器的迷恋，燃烧弹几秒钟就把一片村庄变成废墟，就把一个岛屿烧成火海。这是现代战争，也是现代的科技，现代的工业能力，很矛盾吗？但是是很真实的愤青心理。影片的反战主题是科波拉想表达的立意,是真实的,不是虚伪的,但是对于现代武器不由自主的赞美,更同时成为影片振聋发聩、逼问人心的元素。

3

欧洲大画家也玩平板电脑了!你看看人家从油画改丙烯,又从绘画改摄影、拼贴,如今干脆就用平板电脑了,多方便呐!各种效果都在平板里面储存着,调出来想用哪个都行。

你看看人家!

想来,好玩的东西日新月异、层出不穷,如今孩子玩具铺天盖地,每隔些日子就需要清除,把各种花花绿绿的玩意儿全扔掉,成箱的扔掉,玩过几把的都扔掉了。这样的童年过后,心里还有什么回味留恋吗?不知道。相对匮乏的童年,玩具很少,但是专心用铅笔画画,用水彩画画,那画居然留到了今天,拿在手里有悠长的、真实的幸福感。

想来,画画是个很古老的爱好。

祖先们刚刚从类人猿进化到人,从树上下来,群居在地面了。其中有几位不太着迷唱歌跳舞,吃饱了就靠在岩石上刻刻画画的,到处留些记号,也算是标识自己群落的地盘疆域吧,相当于动物们留尿划地界的意思吧!

画,既有些功能,又是游戏。

功能在进化,不只是部落的标识,还要记录些信息,有多少牲口,有多少战俘等的统计数目。

游戏也在进化,谁的刻工好?哪个徽号画得最神气?我猜,会有几位好

戴士和
《诸暨小周》局部
布面油画
2023年

手笔是鹤立鸡群，名声在外，"招惹"些粉丝了吧？会有粉丝断言说：这片岩画的作者就一定是我们那位！你看看这几刀，还有那几刀，大斧劈，小斧劈，那叫一个帅。酷暑严冬，大灾大难之后作者没了，粉丝回到岩画旁边，物是人非，抚今追昔，也有可能泪流满面。

　　岩画留到今天了，在法国、中国内蒙古的阴山都有。好看极了，那么神奇，那么实在。我们今人可以一笔一笔仔细欣赏，当初难道不是吗？

你看看人家　　45

4

如今 ChatGPT 可以自主"生成作品"了，远远超过使用平板电脑作画。你看看人家：之震撼，之恐怖，已经不在于它作为工具多么强大，而在于人家干脆不当工具了，人家"自主"了，跟你斗起心眼儿，平等对话，不伺候你了！

历史上，画画一直是人这个物种的爱好。虽然具体操作方式一改再改，并无一定之规。要是赶上舒适年代，画得就多一些，品评就细一些，口味就刁一些，否则就糙一些，画得好也没人真在意。但是画画这件事情并没有彻底断过线，哪怕是"腥膻千里"、万般皆下品唯有骑术高的时候，"黄王吴倪"也还有好画留下来的。画画是个人行为，其实也是文明所系，伴着人类的兴衰。

有些时兴的感慨说，在历史的长河里，啥也没价值。今日春来明朝花谢，个体生命的意义轻如尘埃。这话有道理，银河系将来塌了，太阳、地球连一颗灰尘也不算，况乎人类？但是那个尺度太大，不是衡量个体生命的尺度。人生在世，尽己所能，哪怕拉一拉手，哪怕哼一支歌，给身边的人一点支持，一点温暖，断不能说没有价值。记得萨姆塞特·毛姆记下一位登山队员的事，在共享的安全绳索几近承重极限的时刻，登山队员割断自己的绳索落下深渊，救了别人。毛姆说，读到这篇报道时，他的灵魂被震撼到了。

2023 年 2 月 14 日

写意的追求

1

中国古来就有画家论画的习惯，跟学者论画并不矛盾，各有侧重各有长处。"写意油画"这概念就是画家罗工柳提出来的。罗先生画得好，版画、油画都有很高的成就。他的画大刀阔斧，他提出的"写意油画"概念也是大胆的创见，充满想象力，相比纠缠于技法层面，计较小得小失的水平超越了很多，其锋芒所向，直指油画当时流行的毛病，被罗先生归纳为七个字，曰"繁"、曰"满"、曰"实"、曰"抠"、曰"腻"、曰"死"、曰"板"。

罗先生讲这些是在1960年，面对着画坛强大的苏派，鼎盛的、普世的、放之四海而皆准的、科学的苏派，罗先生提出中国油画家要牢牢把握中国绘画传统的写意精神，而不是服服帖帖照着外国走就够了。他不是主张不学外国东西，而是讲"不够"，"光学不够"。

罗先生说：写意油画是一种创造。他说：一手要深入研究西方近现代油画传统，牢牢把握油画特性；一手要深入研究中国绘画传统，牢牢把握写意精神。

罗先生的主张既包含了画家、实践者的智慧，也包含了对于大文化发展的深谋远虑。

2

从罗先生提出"写意油画"至今,已经有六十多年了。"写意油画"已经不仅是他个人的艺术主张,而且成为许多人的共识,并进一步深化为实践尝试和研究课题。

写意精神召唤创作的灵感,召唤无止境的探索,召唤全方位的主体成长。

3

从画家角度来看,作画本是个行为,是作者身心一致的系列动作。这动作通常称为"画",这里改称为"写",那么就是对这个动作有了特别的要求、特别的在意、特别的重视、特别的强调,而非轻视、放纵,不是无所谓的等闲视之,所以不存在"提倡写意就等于提倡轻率、潦草、瞎画"的逻辑。事实上,所谓"写意的要点不在写,而在于意"表面上重视了写意的"意",其实是把"意"架空。如果"写"不重要了,"意"将何求?"写与不写无所谓"吗?

写意写意,"写"和"意"互相依存,只有如此这般的"写",才有如此这般的"意"。"写"和"意"互为因果,是一个整体。作为一个画家,一个动手操作的实践者,一个真心痴迷于美术的作者,都不会轻看这个"写"字。

写意之"写",是直接对画法提要求的。古人说写意,不说画意,今天我们还用写意这个词,当然可以重新定义"写"这个字的含义,可以不同于"书法用笔",但"写"的重要性不变。

记得一位朋友描述罗丹的石雕头像,说是一个低下头的脸,灯光从头顶照下来,从前额到鼻尖,罗丹精雕细刻,惟妙惟肖,精准到位,但是眉弓下的阴影里呢?仔细一看竟还是"毛石头",一刀没碰呢,多么精彩。

现在知道，对罗丹这种做法并不是人人都佩服。有人看了并不舒服，甚至怀疑他是不是偷懒？是不是潦草，不到位？是不是不懂得艺术的"完成性"？"还没做完呢，半成品就完事啦"？

试想罗丹不留毛石头，兢兢业业把眼睛（那可是传神阿堵！）刻出来，工工整整、严严实实都加工成了"成品"，怎么样呢？不说高下吧，至少绝不是罗丹了。

4

写，包含了一种特定的趣味指向。起码是要求"见笔"，从见笔开始。说讲究，说趣味追求。不同的"意"，见之于不同的"写"。把笔迹留下来，把笔触留下来，留在画面上，看得见运笔的疾徐，看得见作者的专注，看得见作者在找、在琢磨、在试探、在积累、在决断。画面像作者的心电图，记载他真实的脉搏。写意对于"写"不是纵容，而是挑剔，特别挑剔，特别讲究，讲究的不是柳叶描、斧劈皴之类的套路成规，讲究的是一笔一画能否跟自己的感受紧密联系。写得好，画面上元气淋漓真宰上诉；写得好，画面上捧出一颗怦怦跳的真心；写得好，画面上没有套话的污染，像是活泉的水，干净、可亲可近。

5

写意的这个"意"字，从字面上看其实没有规定是什么意。比方说，意在写实，可不可以呢？应该没有问题，那么，写实可以包含在写意之下、之内。比方说意在印象，比方说意在拉斐尔之前，都可以，都不冲突。但是这样讲，是不是有人不舒服呢？人家写实当初是一统天下，现实主义君临四海呢。如今自称"写实",客气了一点,你还以为各家各派真平起平坐了?

从字面上看,写意的容量其实比写实是宽一些,作为个人的艺术家,其主张无论宽些还是窄些都无妨,独执偏见一意孤行嘛!作为公共事业,作为社会公器,采用什么旗号,就不能从一己偏好出发,一意孤行,还是兼容并蓄,还是宽些为宜。尤其是写实的那个主义,在国际语境里早已经有确切指向,拿那一个主义,戴到遗产那么丰厚、现实如此精彩的中国艺术头上,是否合适?换一个含义更宽些的,从自己文化语境中产生的旗号,是不是更好些?

6

有些事情我们其实做不到的。

比如,想原原本本画成欧洲油画那样子,达到人家的标准,其实是做不到的。学是要学,要努力学,但是徐悲鸿学达仰,也不是画成达仰,差别是显然的。余本学七人画派的麦克唐纳也不是画成麦克唐纳,罗工柳学约干松,也不是画成一个约干松。

比如,想原原本本画成自己传统的样子,达到古人的标准,也是做不到的,学是要学,要好好学,但是学习没有什么现成的路可以走。从这个意义上讲,出路只有一个,出路在自己身上,那就是平时不偷懒,全面提高自己,修炼自己,做个真人。到画画的时候,尽情尽性直抒胸臆,不必顾忌洋人古人成功的样板、血的教训,风来画风,雪来画雪,有船乘船,有路行路,没船没路就迈开自己双脚踏一条路出来,乘兴而行,能走多远就走多远。

2021 年 6 月 3 日

戴士和
林风眠
布面油画
180cm×60cm
2022 年

写意的追求

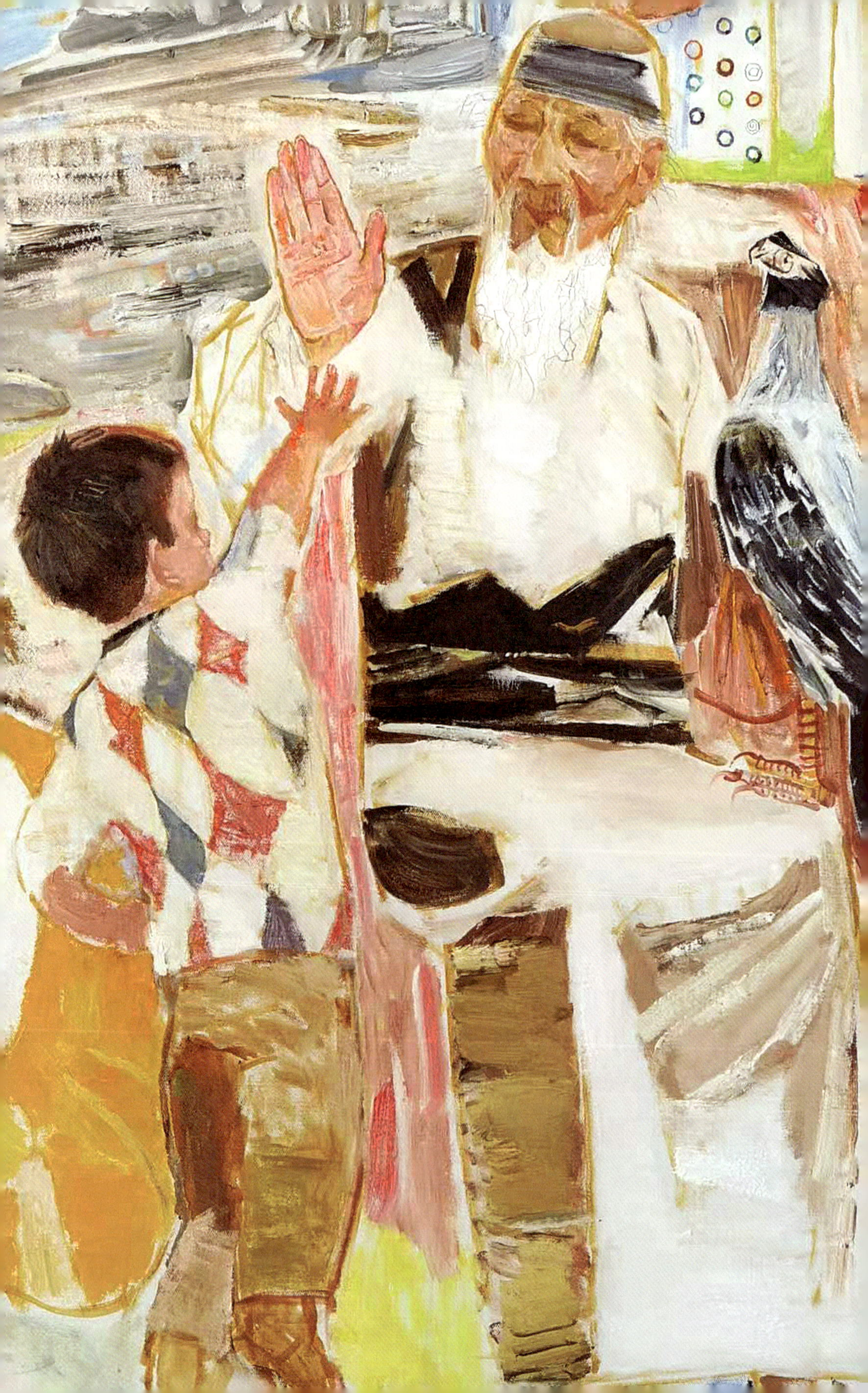

涂涂改改

1

我在尼斯看到马蒂斯的一批线描，是他自画像的稿本。八开大小的纸，用炭精棒画的。叼烟斗，戴眼镜，很经典的眼神，专注冷静。很有看头但又总共没画几笔，简约得很。不想说寥寥几笔，怕误以为是潦草的几笔。大体相同的构图，马蒂斯反复画了许多幅，看出版物，搜罗来的怎么也得几十幅吧。我在展场上凑近了细看，线条宽松，造型概括，但是五官各处的位置都被一改再改，像是"宁脏勿净"所提示的那样，没有什么轻率之笔。画面上屈指可数的那么几根线，既画出一位高人凝神运笔的状态，又画出他作为凡人的嗜欲和体温，既是一件对镜写生的头像，同时又是优雅的线条舞蹈、视觉图形的音乐，更是一个朴素的、信笔挥洒的文人的游戏。

古人说自己的画是"写胸中逸气耳"。那个"耳"的意思大约是"而已"，就是说除了逸气就没有别的什么了。

真的就没什么别的了吗？把文人画一件一件看过来，当然山是山，水是水，而且画得挺用心，那么，"耳"字何意？故作惊人之语耸人听闻吗？恐怕真意思在于要强调"整体"，尽管万万千千的细节都画，尽管都要画出来，要画够，但这个够的标准在哪里？在这画究竟要说什么，要表达什么？由此，以"胸中逸气"，一以贯之，一统天下。"耳"，在这里是说，不存在别的标准，即一切游离于这幅画传情达意之外的任何清规戒律，都不存在。

2

北京画院收藏了齐白石的稿本。看他宣纸上线描的钟馗，不仅反复修改，而且还加上文字提醒自己：此处提高二分、此处收回……笔笔在意，十分有趣。想起戏曲界的先生带徒弟，一句一句地领着唱，告诉你，不对，再来，还是不对，听着我的。要断在这儿，要续在那儿，要泣不成声。东坡先生言：如怨如慕，如泣如诉。声音旋律跟造型线条一样，笔笔揪心才叫好看。

有说好画就是让眼睛坐沙发椅，让心灵喝咖啡。这话也对，跟前面说那个"耳"字一样，也别误会了。别自己误会了，还怪人家糊弄谁。坐沙发也好喝咖啡也好，都是个笼统的比喻。比方说画画就是"玩儿"，一样的。"玩儿"对不对？当然是对，问题在怎么"玩儿"？区别大了。都玩扑克，斗地主是玩，憋七是玩，而正规桥牌也是玩，天壤之别吧？总想玩得到家，总想玩得尽兴。

3

在中国老百姓里，有两个体育项目普及得好，人多。一是打拳，一是乒乓球。

马蒂斯
自画像
纸本木炭
1932 年

说它们是项目,因为既有比赛还有名次,得到了名次固然好,但能有几个人上得去?我看大家参与的心态首先是健身,其次是爱好,奔的不一定就是那个名次。要不然,这个灰心了,那个抱怨了,告状的、使绊儿的,还玩什么玩。

所以,不能过于功利、过于虚荣,谁得了名次就成了功,其他人都是垫背的,都是分母,都活该,不能这么说,不能这么想,不能以成败论英雄。小时候的画友们都很有才华,但很多人长大以后干了别的专业,可回想起来他们都说是那一段练画的经历补益了一生。

就像是说佛门弟子都要在寺院里当从业人员?当住持?那不一定的。大家学智慧、学境界,只要有益身心,能够提高自己的人生品质,无论在哪儿都可以。

马蒂斯
蓝色眼睛的少女
纸本铅笔
1935 年

4

马蒂斯的线描改过来，改过去，他不满意。因为他有追求，他的追求不简单，不容易达到。《兰亭序》和《争座位帖》也勾过来，改过去，看这些稿本，能听见作者的心跳，如见真人，高山仰止。

记得几十年前，我算是个愤青的时候就喜欢梵高，但也只看到梵高身上愤青的一面，反叛的一面，不服管的一面。被他的原作打动，是在英国国家美术馆。那是 20 世纪 80 年代了，见到他的《向日葵》原作，竟然每一片花瓣都动人，花瓣各有形态各有表情，各有各的脆弱，各有各的娇柔，它们是半透明、含着水分的，是一个个鲜活的生命。

愤青也不是那么大而化之的对吧？反叛也不能"凡是写实的都反掉"那

么宽泛吧？莫奈晚年画出大睡莲，鸿篇巨制，天光云影浑然一体，色彩交响成了深沉的史诗，那每一幅都是老笔纷披，同时又是聚精会神。

5

油画的造型好不好，色彩好不好，归根到底还是立意怎么样。如果把立意看简单了，以为美女，就要美；以为劳动者，就是爱劳动，把诸如此类的现成的套话当作立意，以为画作的质量不在于立意的质量，这就是把语言和表达割裂开了。

殊不知，立意，恰恰是语言的核心所在。

马蒂斯用手上的橡皮涂改的是线条，是语言，但他判断的标准是味道，是角色的味道，也是线条流动出来的整体的味道，他想弄出来很具体、很特别的味道。画家推敲的每一笔都是语言，同时也都是立意，是表达。

2022 年 12 月 18 日

调色板　擦笔纸

1

说两个小事,一个是调色板,一个是擦笔纸。在油画创作里这两个事都小,但是谁也离不开,绕不过去,总得想办法解决。

调色板通常是椭圆形的,比较传统也比较大。比较小些的是方形的。方形是随着画箱出来的,画箱做成方的,调色板也就做成方形了。画箱是写生工具,去户外方便,近代以后兴盛起来,所以,方形的比较新式,椭圆形的比较旧式。

欧美人擦笔不用纸,用布。看他们把废的毛巾、旧的衣物裁成布条,擦笔用。洋人用布,国人用纸,习惯不同,功能是一样的。

东西虽小,天天在用,用久了自然就渗透了各人的习惯,每位画家的性格、脾气什么的,有些意思。

记得我年轻时借到一本书,书里详细介绍了苏联画家们的油画材料与技术,一个人、一个人地详细介绍:他用什么黑颜料?他不用什么黑颜料?他怎么使用群青?能跟什么调和?不能跟什么调和?详实可信。我找了一个精装硬皮的本子，把这本书大半给抄下来了，归还原书的时候还是恋恋不舍。至今，自己拿起那个抄书的本子，读那工整的字迹，还记得当时恭敬的兴奋。后来看到其他材料技法的书籍，看到画家们使用调色板各有习惯，每种颜料的位置确定，按方便的顺序，常年不改。

好菜上桌，又好看又好吃。秘密在厨房里，在案板上，在灶口上，在分寸，在火候。

2

以前，张文新老师在画室指点我们欣赏他的调色板。

外人很难找出门道来，因为表面看起来很普通，普通的椭圆调色板。很干净，虽然用久了，但擦得锃亮，不积污垢。

油画家们各有习惯。有人喜欢不修边幅，工具到处黏着脏颜料也不管，比方弗洛伊德，比方莫兰迪。有学生们觉得那很有范儿，流传说灵感来了，谁谁就直接在崭新呢子外衣上擦笔。其实画家的做派并不只有一种，范儿也不是同一个样子。有的人就是喜欢有条理，工具材料都摆放得整整齐齐，一伸手就拿到，拿起来就可以用，方便，并不是为了给别人看着"显得"什么范儿。张文新老师是后一类画家。他说自己是张松鹤的学生，又是在北京大学学过物理的。记得有些欧洲画家坚持用白色调色板，为了跟画布色接近，想来收拾的时候更要费心。

张老师调色板的门道并不在外观的式样，不在风格新颖或者故作老派，绝妙之处在于尺寸得宜，处处都依自己胳膊的尺寸仔细地量身制作。

他作画习惯用左手持着调色板。他说，要准确量出自己左前臂的尺寸，这也就是调色板上圆孔到边缘的尺寸，也就是调色板的横宽。这个尺寸，因人

调色板 擦笔纸

而异。把握尺寸，让调色板刚好落在左前臂的支撑上，这样就方便了，使用起来就不用"就合"，不用分神再想了。调色板要贴身，要随手，张老师当做服装一样细心设计制作，小事上费这些心，画起来就顺手。这样做的目的是专心，专心地享受作画的过程。

拿在手里翻来覆去欣赏自己的调色板，张老师爱不释手，显然是他几经磨合调整达到的得心应手的好工具了。对画家而言，工具不算是最用心的事，但是也可以说是他的武器，是他的玩具。工欲善其事，必先利其器。工匠传统如此。饮者弄酒器，钓者弄渔具，文人弄四宝，何尝不是如此？

3

捡了芝麻，丢了西瓜？是的，被芝麻分了神，就可能丢掉西瓜。芝麻小事不足挂齿，调色板在芝麻里还算大颗，擦笔纸才是小芝麻粒儿。

4

还说张老师。50年前，他的《间苗》早已名满天下，有同学领我去看他现场画画。我一个小青年，什么也不懂，脑袋里不少傻问题。高大上的问题说不出口，具体操作的问题也理不出头绪，只是眼睁睁地看。正在画的是鲁迅半身像，逆光，请了一位先生作模特，穿深色长衫。背景是亮的，下午的天空，色块很整。

张老师从容、和颜悦色地指点我们欣赏他用过的擦笔纸。

张文新
间苗
布面油画
50.2cm×149.2cm
1963 年

  我看不出门道来，因为表面看起来就是普通的废纸，废报纸裁出来的一沓而已。其实妙处在两点：首先是把纸裁成小张，大张就不方便，小张的纸只擦一笔就直接扔了，不用看不用想就扔掉了。眼睛一直在画面，一直在对象，没有别的啰唆事。一擦一扔，养成习惯，这事儿就不分心了。其次张老师的擦笔纸有固定的位置，用的时候伸手去取，也不用找，不用想。

  张老师说：都是为了不分心。他的作品"兼工带写"，绘画性很强，连那些刻画细微的局部也充满画意，不死板，而那些概括的大色块看似简单，实则应有尽有，从来不空。高手总要把一摊子事都料理得当，把芝麻安顿好，芝麻归芝麻，那才好把西瓜抱紧，全神贯注。

2022 年 10 月 17 日

调色板 擦笔纸

怪物有意思

1

蒙娜丽莎不是美女。往上说算个普通人，还算端正吧；往下说不男不女，凡人不凡人，天仙不天仙，表情也挺暧昧，不明不白的。这是无知的我见到名画《蒙娜丽莎》时候的直觉，第一感觉，说不上喜欢，谈不上佩服。画册上看不了两眼就翻篇了。

许多年过去，接受了美术史的开导，见识了卢浮宫的排场，《蒙娜丽莎》独霸一个厅，法兰西警察活人伺候。我才知道这幅画的重大是不容调侃的，须肃然起敬。于是浅薄的我也渐渐看出人家的不凡之处，人文觉醒的端倪，绘画从神的世界向人的世界转变。经过阅读，理解到那微笑是神秘的启示，就连背景的山林里也有新时代的曙光，影影绰绰。

但在我被开化以后，还是没能忘记自己最早的愚昧直觉。矛盾，矛盾双方都应不假，但是两方如果合并起来不就是个怪物吗？

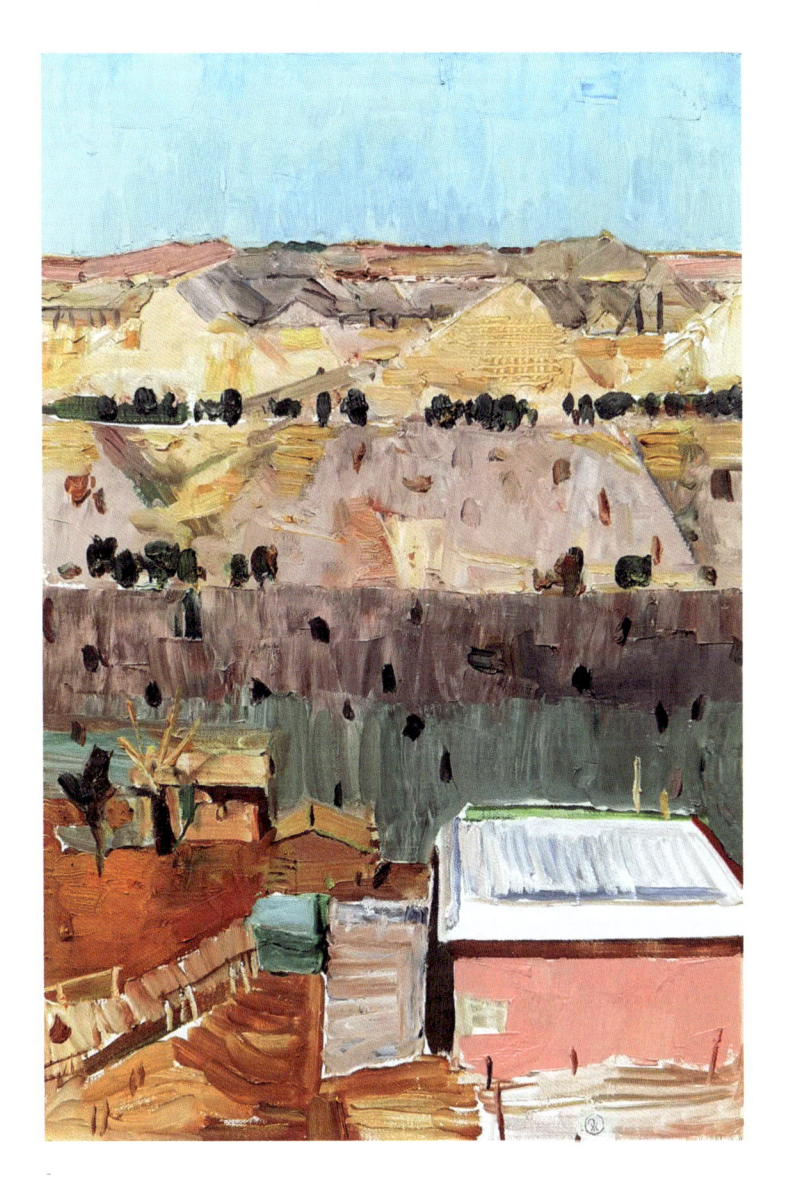

戴士和

东白杨沟工地远眺

布面油画

60cm×40cm

2023 年

怪物有意思

2

怪物，其实有意思。

蒙娜丽莎本人是不是怪物，不知道。但是至少被达·芬奇看出来是个潜在的怪物，并且把她成功画成了怪物，达·芬奇高人。印象派高人，伦敦城的雾气弥漫着怪异的红色，奇怪呀，那些熟悉的高雅的银灰色、珠灰色哪儿去了？印象派说你看错了，珠灰是套话，假大空。

人的身边处处有怪物，等待我们的慧眼去发现。几封陈年的旧信，一个玩残了的娃娃，一只旧款的闹钟，甚至简单两张纸条，被反复折叠磨损，拉开抽屉看每件破烂都有故事，都是好静物。哪来的死套路，画静物就想着摆新鲜水果，摆陶罐子。看见了怪物，才看见了有意思之处。欧洲的工商文明确立以后，巴尔扎克、哈代、狄更斯、左拉和库尔贝都说：诸位诸位，请睁眼看一看，现实果真是自由、平等、博爱吗？又仅仅是惨无人道吗？它三头六臂改天换地无所不能，矛盾的方方面面并存，它是个怪物。雨果说：悲惨世界，那么可爱的、神奇的、让人留恋的悲惨世界。

3

说来画家是手艺人。手艺人守住本分，专精自己的油画语言就对了。但什么是语言？吃葡萄不吐葡萄皮儿，说得滚瓜烂熟就是语言过关了吗？就是好相声？黄胄画不出灯光石膏的长期素描作业，耽误他传神写意的造型了吗？库尔贝的《奥尔南葬礼》人群熙熙攘攘，但如果有心找些解剖的毛病，找些"不严格""不确切""没画完"的局部，很难吗？外国画家来参观咱们的学院基础素描陈列，惊叹那些"完整""严密"的巨幅石膏作业，人家承认自己"画不了，画不了"。外国的画家竟达不到咱们的学生作业的程度？这是什么问题？是人家客气，还是咱们的教学太成功？学生画的比人家画家还好？

梵高笔下的人物饱受摧残又坚韧固执，每个人都一言难尽，都不是一个简单的"歌颂"或者"揭露"所能概括的，也正因为文字难以概括，所以需要绘画。过目难忘，永刻于心。知梵高者谓梵高心忧，不知梵高者谓梵高怪物。不知者还启发道"那还是真善美吗"？苦口婆心，看看传统年画，连年有余，说句吉利话好不好？唠句过年嗑儿好不好？

4

小时候学油画看印刷品比较多。听说了，跟原作不太一样，但是怎么不一样？很费猜的。尤其是同一件作品被不同的画册印成不同的颜色，更加神秘。在将信将疑当中想入非非。

后来终于有机会看到原作，悬着的心才放下来：真实的原作平实朴素，各家各派有各家各派的平实朴素，之间的共性是，谁都不肯拿腔作调，不肯故弄玄虚，不炫耀自己的语言处理得无懈可击。他们恳切地说："请看：我在意的是生活里的这个侧面。请看：我看重的是那个人物！"而他们所看重的恰恰是我们意料之外的，比方梵高看重阿尔的小胡同，而不是那里的罗马斗兽场；比方达·芬奇在意的蒙娜丽莎。叹为观止的是立意高明、恳切，而不是"语言处理"招数的纯熟、正宗。

戴士和
折桂令
布面油画
35cm×35cm
2022 年

5

  小时候就听《黄河大合唱》，想到惊涛澎湃掀起万丈狂澜，想到"黄河落天走东海"的惊心动魄，想到五千年的古国文化从你这里发源，多少英雄的故事在你的身边上演，闭上眼睛都激动不已。

  实际上，第一次走近黄河边，第一次有机会手捧黄河水是我二十岁以后了。在风陵渡，站在真实的黄河边，我愣住很久，无话可说。它出奇的安静、平稳、无声无息。浩瀚的水流紊乱纠结但波澜不惊，深不可测但含蓄温和。这个印象

66　　雪泥鸿爪　　　　　　　　　　戴士和艺术随笔

永远印在我心里，平凡且永恒。后来，去壶口瀑布，去炳灵古寺，去佳县白云观，见识多了以后，那个风陵渡的印象反而越加沉重，挥之不去。总觉得黄河流水那种朴素，那种傲岸，可能跟很多好东西相通。不吹牛、不取巧、不作媚态、千回百转、不惊不乍、不屈不挠，重大的东西正是这么平凡。

黄河水并不一定是黄的，涛不一定是惊涛，浪未必是骇浪。现实中的黄河跟"常识""概念"很不一样，跟"套话"所云很不一样。

伟大母亲河的平凡，也许跟《蒙娜丽莎》非凡的神性一样，都在发问，在推动思维，从习惯固有的想法解脱出来，走出舒适的迷信，走向不安，走向思索，走向新的感受，新的没有止境的探索。

2022 年 8 月 15 日

心有定力

1

从 2020 年春节算起，疫情闹了两年多，这么长时间的耽搁谁也没有料到。不少写生延期了，不少展览取消了，不少座谈会停办了，不少仪式放弃了，各种各样跃跃欲试的艺术活动"悻悻地"缩回去了，消停了。

这期间，朋友们其实仍然很忙。大活动虽然少了，但个人计划各有调整，谁也不曾"躺平"。因为疫情也是机会，前所未有的机会，观察生活、体验生活，是尝试表达的难得的机会。

2

20 世纪 30 年代初，黄宾虹先生受邀到四川。他从上海一路辗转，陆路水路，汽车江轮，好不容易到了成都，入住市中心朋友安排的二楼房间，当晚却遭到炮击，轰塌了街坊。第二天听说是军阀跟军阀争地盘的小冲突。宾虹先生命大，并没有受伤，只是抓紧搬走，抓紧动身，进山写生。著名的"月影移壁"的灵感，据说就是宾虹先生这次写生时候的偶得。他没有怨天尤人，没有借口时局混乱而"躺平"。他仍然兴致勃勃，写生，写心得，成果不少。以至于后人误以为宾虹先生生活工作的环境真是"岁月静好"呢。

3

为了言之不虚，我就直接引用吴嘉陵（一峰）先生的讲述，他当时追随宾老溯江入蜀。

他说："由于四川军阀田颂尧部与刘文辉部在成都巷战，两军争夺战的焦点在美专校址附近的煤山，学校无法上课。巷战越演越烈，三道街附近的支矶石、同仁路也成了两军的争夺战场，弄得这里的老百姓惶惶不可终日。陈家的人对黄宾虹、吴一峰说：'要打仗了，黄老！你们住阁楼太危险，还是搬下来住。你们出门人，命要紧，不要出事才好！'然后，陈家的人收拾出一间平房，在地上打地铺，吴一峰将被褥和日用品从阁楼上搬下，先用稻草在地上厚厚地铺了一层，上面铺上油布，然后才铺好被褥。黄宾虹带的书很多，吴一峰用书在黄老师的枕头前筑了一道书墙，以防枪弹。一切安排好后已是傍晚，简单吃了点东西，两人对坐在地铺上，讨论绘画技法。不觉已入深夜，两人才躺在被窝里，静听巷战的枪炮声。突然，'一庐'院内阁楼上发生一声惊人的巨响，惊动了院子里的人，可是谁也不敢出来看，因为巷战就在附近打响，枪弹不断在'一庐'的房顶上呼啸飞过。天明（10月24日），枪炮声停息了，黄宾虹担心他放在阁楼上的箱子和画稿，一起床他就叫：'一峰，我们上阁楼去

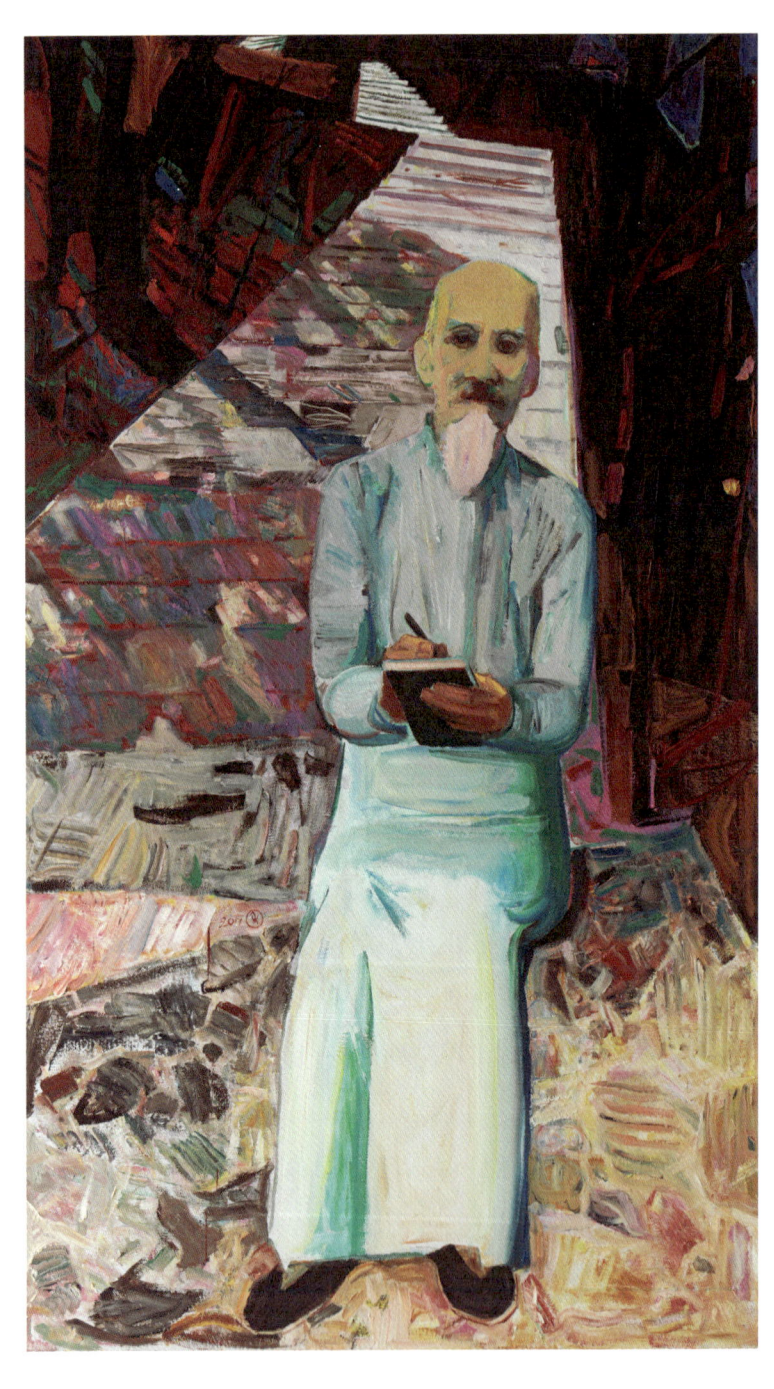

戴士和
峨嵋月下——宾虹先生
布面油画
160cm×100cm
2017 年

看看!'两人上了楼,见箱子被打烂,吴一峰离沪时请诸师友题字的《壮游图》手卷被子弹打穿一个洞。黄宾虹、吴一峰算是尝到了四川军阀混战的滋味。对此情此景,黄宾虹说:'真幸运,昨天不从阁楼上下来,必遭非命!'"此时是公元1932年,民国二十一年,黄宾虹67岁。(《黄宾虹年谱》,上海书画出版社,2005年第1版,第290页。)

4

战乱和疫情不能相比,性质不同,影响的程度也不一样。而画家总是要有定力,总是要专注。

记得学生看老师写生风景时不解,问老师为什么那道篱笆没有画?老师说,哪一道篱笆?我怎么没在意?

不仅不受大环境干扰,画家也不受小环境左右。总是心有迷魂招不得。迷在哪里?迷在那些好看的、有意思的东西,总是很好奇它们怎么会这么好看?黄宾虹先生不在意战乱,他觉得身边是峨眉山,他看见的是锦绣大地浑厚华滋,生生不息,无奇不有,看也看不够,画也画不完。在青城山《题蜀游山水》中他写道:"余游川蜀,由灌县经玉壘关至青城山中,朝夕所见,林峦烟雨,隐显出没,无不摹写,草稿置囊橐中,归而乘兴挥洒,笔酣墨饱,益见自然。"(《黄宾虹年谱》,上海书画出版社,2005年第1版,第301页)自己的心有定力,别人看去就像是岁月静好。那年他已经七十岁了,还那么兴致高。好兴致,专注,再加上好奇心,我看是天才的标志,如果好奇心减退,画东西、看东西不再专心,心不在焉,被环境牵扯走神,哪怕是走神去到什么高深之处,也是才思涣散,走下坡了。

戴士和
两位洋先生
布面油画
2022 年

5

　　画什么就专心看什么。画搪瓷缸子就专心看这个缸子，看它矮墩墩的样子，看它不均匀的光泽，看它剥落的图案，看它的把手像叉腰的胳膊，又蠢又凶。

　　心无旁骛才好慢慢看进去，慢慢看出味道来。一个缸子、一个人、一棵树、一片山，看得进去才可以谈"怎么画"，无论写实不写实。

2022 年 6 月 16 日

从油画班说起

1

如今的"油画班"不少,遍地开花。朋友告诉我说,表面看课程表都是素描、速写、色彩、风景、人物之类,名目挺规范,实际上用心用力的重点在别处,在课程表之外。

朋友解释给我听,如今学生参加"油画班"每年的学费从三万起步,至数万元不等,目标是什么?说来当然是为学油画,同时也很实际,孩子们为了考学,成人们为了参展。参什么展?有资质的展览,协会举办的展览。参展的好处是什么?有参展证书。参展证书的用处是什么?行有行规,规定了几本参展证书可以换得一本协会会员证书,那么究竟需要几本呢?

朋友告诉我,需要九本参展证书才可以换得一个会员证,这规定是近年改的,当初是三本就行。标准逐年有所提高,于是油画班这行当也就更兴旺了。

朋友告诉我,某某班的学生多,报名踊跃,因为学员确保有证可拿。另外某某班的学生少些,因为拿证的保险系数不高,导师虽然吭哧吭哧动手给学员一张一张地改画,还未必能够入选参展。

当然,如果学员今年没能入选参展,那么下一年学费就免了,朋友说公平交易，职业道德嘛。

2

这些事情记下来，我无心批评谁，只是想记录下来，因为我好奇，因为我没见识过，因为我觉得值得记。我估计过去和将来不一定全是这样的，至少在现象上不一定如此。

3

我无心批评谁，这是真话。

社会现实如此，它总不尽如人意，可数年过后，数十年过后，往往会证明某某大师某某巨匠其实就是蹚某一道污泥浊水过来的。齐白石定居到帝都之前曾经在湘潭、长沙求人学画学诗，恭恭敬敬虚心努力以求进取，其实遇到的教学怎么样也不好说，也要看具体哪一位先生，具体讲到哪一段，具体人家怎么说的，学生怎么听的。都不能笼统而言，尤其不能势利眼，看谁势力大就当真经供奉。

4

话说回来了，那些"油画班"课程表上的名目，比方"素描"几周、"色彩"几周、"速写"几周之类，开列出来大体是个幌子，贴在墙上给大家好看

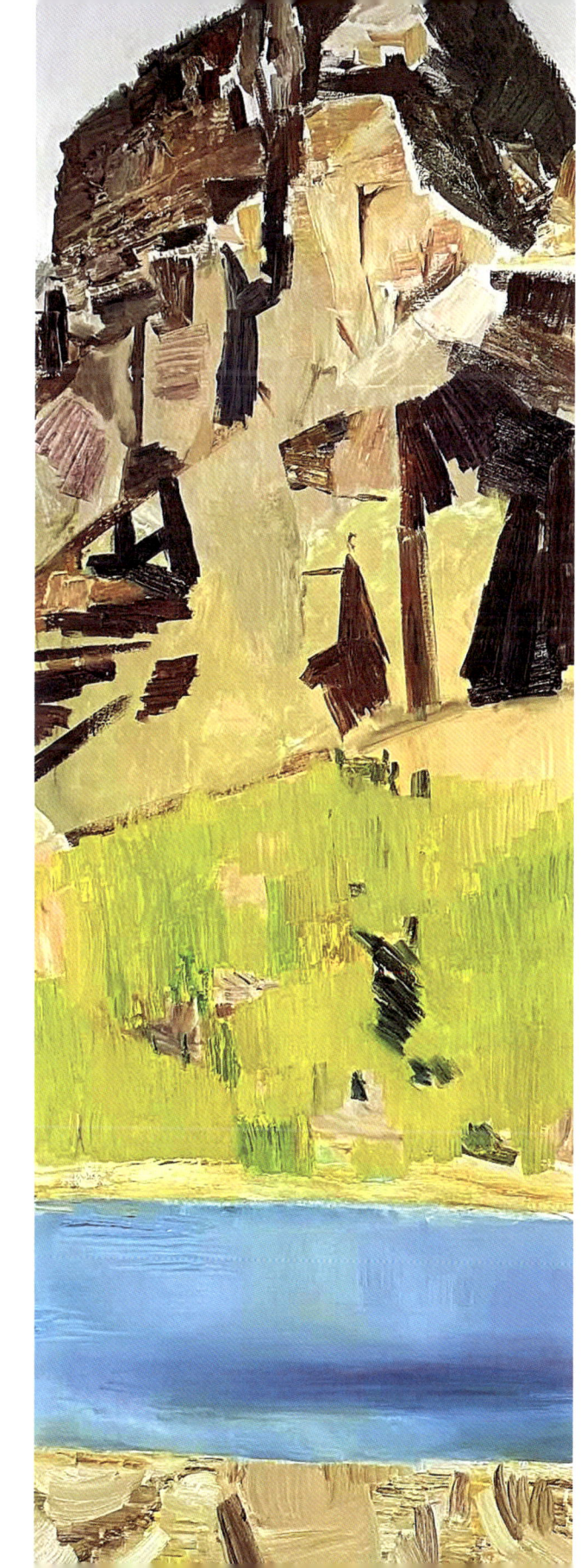

戴士和
石板岩
布面油画
220cm×80cm
2021年

的招牌。

朋友告诉我，真实的课程表是从哪儿来的？根据什么制定的？根据协会的展览计划。

如果明年上半年的大展是体育主题的，下半年的大展是脱贫新貌的。油画班的课程表就有了，精准对接。

5

不要说荒唐。当初抗战时，大家投笔从戎画抗战画，搞演剧队，《放下你的鞭子》，小鲁艺大鲁艺，用专业术语说，把专业基本功"滚进去"，在创作里练习，叫作"创作带基本功"。这路子究竟出人才不出？古元、罗工柳、司徒乔，一八艺社，前前后后大批精英就是这么出来的。创作领先，基本功补课，缺什么补什么，缺多少补多少。

"创作带基本功"，带，是带动的带，不是代替的代，不是取代的代。

当然，这路子跟学院派不同。学院派四平八稳，先画基本练习，分门别类，素描是素描，速写是速写。创作不能急，早着呢，一步一步积累，一步一个脚印，也许哪天灵光一现，你就开悟了。对不对？也对。出不出人才？也出人才。

从大面上看，不同路子出来的人才类型不同，但如果到了顶层，到真正大师里面看，出于哪个路子并不是问题。

6

艺无止境，无止境地推敲。语言固然要推敲，意思也要推敲。学院派的上乘也是如此吧。东坡先生是一步一步科举出来的，算是很经典了吧？据记载李清照还遗憾他不够讲究，文字的精致程度仍有提高的空间。白居易很经典了吧？大唐盛世里按部就班成长起来的吧？非常专业、非常"学院"了吧？但他恰恰不是满口的"语言规范"，相反，他推重乐府传统，他喜欢"篇无定句，句无定字，系于意而不系于文"，他说："首句标其目，卒章显其志，诗三百之义也。其辞质而径，欲见之者易谕也；其言直而切，欲闻之者深诫也；其事核而实，使采之者传信也；其体顺而肆，可以播于乐章歌曲也。总而言之，为君、为臣、为民、为物、为事而作，不为文而作也。"（《白居易诗选》，人民文学出版社，1963年版，第64页。）

7

大多人有过愤青的阶段，曾经"抓住一点不及其余"。记得几十年前读一本回忆录讲上海的哈同花园请画家做"枪手"画假画，点名点姓地让我吃惊，怎么大师也干这个？其实就是年轻嘛，找出路不容易嘛，能干什么就干了。

讲正能量，历史洪流就是要泥沙俱下，要鱼龙混杂才成为洪流。大自然嘛，大千世界嘛。讲文的，讲质的，讲救国的，讲启蒙的，讲规范的，讲创新的，在艺术生态上，万类霜天竞自由与泥沙俱下、鱼龙混杂的意思相通。艺术跟商业合作就热闹，就良莠共生。好不好？好。怎么办？想起启功先生"不打假"的逸事，他甚至还说那幅假字写得很不错，写得比自己好。高人。试想，如果以"真艺术"之名打假，再交由工商办理，交由行政办理，不知要伤害多少无辜？恐怕还是靠百家争鸣自然淘汰，靠自然积累才有文化江河万古长流吧。

2022年4月10日

遇上雨　遇上风

翻检旧画，想起古诗说过"人生到处知何似，应似飞鸿踏雪泥。泥上偶然留指爪，鸿飞那复计东西"。

《那把伞》是 2019 年写生。旅行住的楼顶平台上有一把大遮阳伞，天天看它在烈日下站着，它旧了，还挺矜持的，不说放不下架子至少也是自视不低。我被打动了，就画了两天。第三天刚画完，来了一阵风把伞张开，从底座上拔了出去腾空飞起，这么沉重的大伞从九层楼顶飘摇而起，然后落下去直直扎到绿荫道上。好优雅又很凶险。幸好我是刚画完了。警察被惊动，把所有屋顶平台的遮阳伞一律取缔了。

不止这一幅，不少画里都多少有点故事，人生到处走动，遇上雨，遇上风，也许都是些小事情，但是弥足珍贵。我佩服齐白石就是从他画的日杂小品开始，一串鞭炮、一炷香什么的。也佩服卓别林，他一生虽然撞上几个宏大叙事，《大独裁者》《摩登时代》之类，他不含糊直接触动时代脉搏。而终其一生大部分

戴士和
那把伞
布面油画
100cm×81.5cm
2019 年

时光,大部分作品,都是普通的平凡的小人物小事情。很可信,很可亲,很可笑,很真实,很有趣。这艺术,该算是为人生吧?也不能不算为艺术吧?

2022 年 春暮

被机遇推着

1

小学的时候，大几岁的罗罗很有经验地问我："你自己说，是你画得好，还是你爸画得好？"我说："当然是我爸画得好。"罗罗说："那你完了。"我问："为什么？"他说："你爸根本不在美术圈里，你画得还不如他，你当然完了。"

虽然只是小孩子间说话，但我无言以对，有点触动，就记住了。尤其是那逻辑，那关键词"完了"，不寻常。

好在当时并没有压力，还是高高兴兴地玩，高高兴兴地上学，高高兴兴地画画。画画就是个爱好，画得开心，哪有什么"完了"可言？

戴士和
速写
1971年

2

画了几十年，如今回忆，这学的过程也不全是"渐进积累"，当中真的有几道坎、几个关口，那是分岔的地方，在那个关键时刻怎么走，怎么选择，当时的那个机遇就限定了此后很多东西，就真的退不回去了。

3

上不上美院附中？这曾经是我的一个岔口。

在初中时我是一门心思要考附中。想学画嘛，当然的正路就是上附中。必须进了附中的门，才是进了美术的门、艺术的门。

不止我一个人这么想，当时景山少年宫的小伙伴儿们都这么想，辅导员也鼓励、安排我们去附中参观。眼见附中学生的作业画得那么专业，长期素描，灯光作业，一件水彩写生，巴掌大小的静物画能画十几个小时，锅盖边缘上一圈高光，颜色是按毫米变化分析出来的。眼见附中学生的课外速写、生活速写，那种观察，那种生动，那种具体。他们看了电影画出镜头的记忆，画出银幕的构图、色彩、气氛，每一幅画面都很小，但是细密的色点堆簇出来的光影气氛处处迷人。

传说中的附中学生更神，他们每到周末就带上干粮去火车站、动物园，画一整天速写，说他们看不起懒汉，看不起少爷小姐，附中学生一个比一个勤奋，一个比一个有才，基本功比本科生更硬。就是自信嘛，画就摆在那儿，一清二楚。当然是时间堆出来的，是拿青春、拿热情和才华堆出来的。

对附中向往，我记忆犹新。对附中的向往其实也是对一种生活方式的向往，一种人生状态的向往。但是谁料得到，恰恰是我初中毕业那一年，附中不招生。美院附中因故取消对外招收新生。真是临了临了，盘球盘到球门口的时候，终场的哨声响了。

记得那时心里很受挫，觉得这一岔口错过去了，今后就跟画画再见了吧。别了，艺术。上了普通高中，离开了美术，逐渐移情别恋一年以后迷上了航空，变成满脑子的"马赫数""后掠角""单发""双发""垂直起降"，每天在心里念念叨叨跟变形金刚差不多，但不是科幻，是真的。我去北航看过"超音速空气风洞"，用手摸过米格-19的机身，赞美水平尾翼下调到垂直尾翼的根部。厉害，那是功能需要，也就是好看，紧凑、帅！

怀着依依惜别的心情，为了把画画放下，我用了一个暑假的时间整理初中学画的笔记，归纳收获。零零碎碎点点滴滴的体会，平时记录在随身的小本子里，现在重新抄录，心里想能不能找到某种贯通的内核？记得从石膏素描，想到光影明度与结构起伏之间是一种"函数关系"。这个"函数关系"的想法让我豁然开朗。那是高中一年级升二年级的暑假，想从此把对画画的迷恋封存心底，以后再不去碰它了。

4

学壁画，又是我的一个岔口。

本来沉迷在常规的油画，条件色、结构形之类正是妙趣无穷。谁料想那一年央美的油画研究生却只招一个壁画班。留给我的机会就是如此了。考不考？

又一次我"被选择"，被机遇选择了。

当时自己想：是不是央美？是。是不是油画系？是。这就对了。至于什么叫壁画？先进去再说。

从一窍不通开始，恶补壁画。从一个状态转入另一个状态，总要有个过程，好在年轻，好奇心很强。原来天天盯着"常规的"油画，现在打开壁画一片新天地："装饰性""平面性""时间感""象征感"，五光十色，既是现当代的挑战，又有历史的回响，悠远深邃。从壁画的大角度回首，油画才是从我埋头的常规，油画里抬起头来，往外看，壁画天地大得多，营养丰富。回过头再看自己的油画，扪心自问：我的画是不是真的有话要说？我要说的究竟是什么？是不是真值得别人一听呢？还是仅仅出于常规，出于行当习惯？

我庆幸自己"被"机遇推到了这个岔口。

5

现在理解什么叫"完了"？如果讲什么画"完了"，哪种画"完了"，大概就是发展停止的意思，不再发展，类似于说什么活物蔫了，抽巴了，不再新陈代谢了。

当初我没读附中，什么东西完了？并不是画画完了，不是学艺术完了。只是某一种类型的画也许我是画不成了。

当初学壁画，油画就完了？油画还是可以学，常规的面貌也未必对谁都一律合适吧？当初心里面各种纠结，年轻嘛，此情可待成追忆，只是当时已惘然。

天无绝人之路。自己别放弃，很多挫败正是难得的机会，是命运的恩惠。

2022年2月22日

雪泥鸿爪

1

  日前翻看旧的速写本，不少是在开会时画的。文化单位开会多，大好光阴开会多无聊，但是可以画画速写，前后左右甲乙丙丁，时过多年再看挺乐，日子也变得有趣多了。

  如果说能把速写坚持下来靠什么？除了喜欢之外还要脸皮厚一点，有时会场主持人当众点你名字说："你不要画速写啦！"这时候要微笑着点头，把速写本收了便是，切勿辩解，脸皮太薄恼羞成怒不一定值得。

  人生知己。把画画交成个好朋友，至少是幸运。

2

  高手总有好奇心。

  学会了按套路出牌，究竟好不好？讲究的人笑话说那可是要不得，要不得有三个：厨子的菜、诗人的诗、书家的字。这是说笑话。

但有个问题是当真的：怎么做到"熟而不油"？

下了功夫干的事，哪能不熟？齐白石的大虾当然是熟的。数不清他老人家画过几百张了，奇迹在于拿出任何一张都像是第一次画的，都像"生的""有生有涩"的。每一次都像"初识""初恋"一样。总觉得齐白石是瞪圆了眼睛聚精会神，还好奇得很呢。高人。

不够高的人就相反，他们习惯了套路而未必自知，甚至当饭吃，比方作假画的。

假"齐白石"常常比真的更符合套路。说句笑话，恰恰假的"齐白石"才"专业"，才"中规中矩"。假画处处符合齐白石套路，符合规矩，绝不可以出格。真齐白石却相反，就像是人家名角儿演旧戏，多少遍了，还能动你的心，有新味道，在你的预期之外。

3

除了写生我也画记忆，画想象，也画照片，画影像。但写生有个真东西在眼前，既是一个启发，也是一个挑战，心里有动力。写生把对象的形和色一眼看中，直觉动心，直接下笔，全神贯注所谓"刀刀见血"，所谓得其神髓忘其形态，笔笔不可以复制，自有其过瘾之处。如果遇上条件不允许、不方便了，夜景只好大白天画：尽管是对着实景，房子门窗都没错，但是黑白颠倒，还算写生吗？

其实，算不算写生，并不一定重要；算不算油画，也不一定重要。

真正重要的是：第一，画的时候尽兴了吗？直接朴素，挤出去水分，清

戴士和
午后望京
布面油画
60cm×60cm
2020 年

除掉习惯的套话。第二，自己想要画的那点儿感受本身是不是真有意思，是不是真值得一画？

动笔作画的时候要解衣般礴，"第一"很重要；作画之外更要反躬自省，"第二"也很重要。二者互不替代，缺一不可。

至于算不算油画，那么重要吗？我说，如果算，就有算的玩法；不算，也有不算的玩法，都可能玩得挺好或者不太好。其重要与否是因人而异，看看自己怎么能玩得起来就怎么玩。

4

说起主观客观，比如库尔贝画苹果，他完全是写实着画，但眼里所见、笔下所画的，其实全是他本人的感受。是，且只是。怎么写实也画不出"客观的"苹果。如果拿那只"客观的苹果"给马奈看，马奈准说它是另一副样子。尽管谁都讲求客观，事实却总是主观。画来画去古往今来的苹果那么多，排成长长的一列，定睛一看，却是一排画家们的"自画像"。

这么说也别误会：那既然都是主观，还管它苹果什么？自由画呗，任性变呗。把苹果画成猪脸呗，画成变形金刚呗，可以，当然可以，又不犯法。

但是别误会。咱们说谁的画主观，其实并不是称赞不是褒奖，而仅仅是中性的判断，没褒没贬。画都是人画的，能不主观吗？历来都主观。主观是一切作品的共性。好坏评价却断然是另外一件事。好与坏的区别标准在于有没有看头，有多大看头。谁要是不管不顾地乱画，虽然"不失于"主观，但是有啥看头儿吗？怕是比较空疏，比较简陋的主观吧？

5

常说油画在国外有它的发展脉络，但是有没有规定说油画来到中国以后也必须还是原来那个脉络呢？佛教来到中国以后弄出了禅宗，不看重表面功夫繁文缛节，不怕离经叛道，直弄得佛教不像佛教似的；苏轼不遵守绘画法则，用朱砂画竹子，画非画，写非写，不三不四非驴非马。可到今天大家都说文人画了不起，都说禅宗贡献大。当然，这是千年之后了。

我从小喜欢洋东西，电影、话剧、油画，觉得它们离自己近，很直接。后来才感到京戏的好处，水墨的好处，人生阅历多一点，感觉也会变。

6

这两年闹疫情，交际少不出门，每天都是大好光阴，能做什么尽量做。

想起年轻时候同学互相激励"不患不立，患所以立"，如今玩笑说"既不患不立，也不患所以立"了。画画，雪泥鸿爪，人生日记罢了，立也好不立也好，尽兴吧。

比如以前记下的构思草稿正好拿来试试，各种可能尽管试，看怎么能发展起来。比如以前积累的画册也正好仔细看看，不光看图，连每一幅图后面的详细的图释文字也看，看过才知道这画其实真假未定，居然有这么说的也有那么说的。

"聊借画图怡倦眼。"沏好茶，调好灯，打开一本没用处的画册，盯住一个无关宏旨的局部，想看多久看多久。好奢侈呀。

2021 年 11 月

编自己的筐

今年秋天在 798 看到了罗尔纯先生的一个画展。虽然规模不大，连油画带水墨加起来不到 70 幅作品，观众却不少，甚至油画圈外也有人向我寻展馆定位，说是喜欢，想去看。

我从学画时候就一直挺喜欢、佩服罗尔纯先生的油画，当然也记得他在很长时间里不受重视，更不是主流。主流不看重他，觉得他画的档次不够，分量不够，形不太准，色不太准，比较形式，大小毛病不少。我面对如今一边倒的赞扬，不免回想起当初那些对罗尔纯先生不以为然的高见来。

1

记得有一种说法拿罗尔纯的画为例，说作画的态度很重要，看待对象的态度要有诚意。说罗尔纯对他所画的对象并不是真的在意，画出大概齐的模样

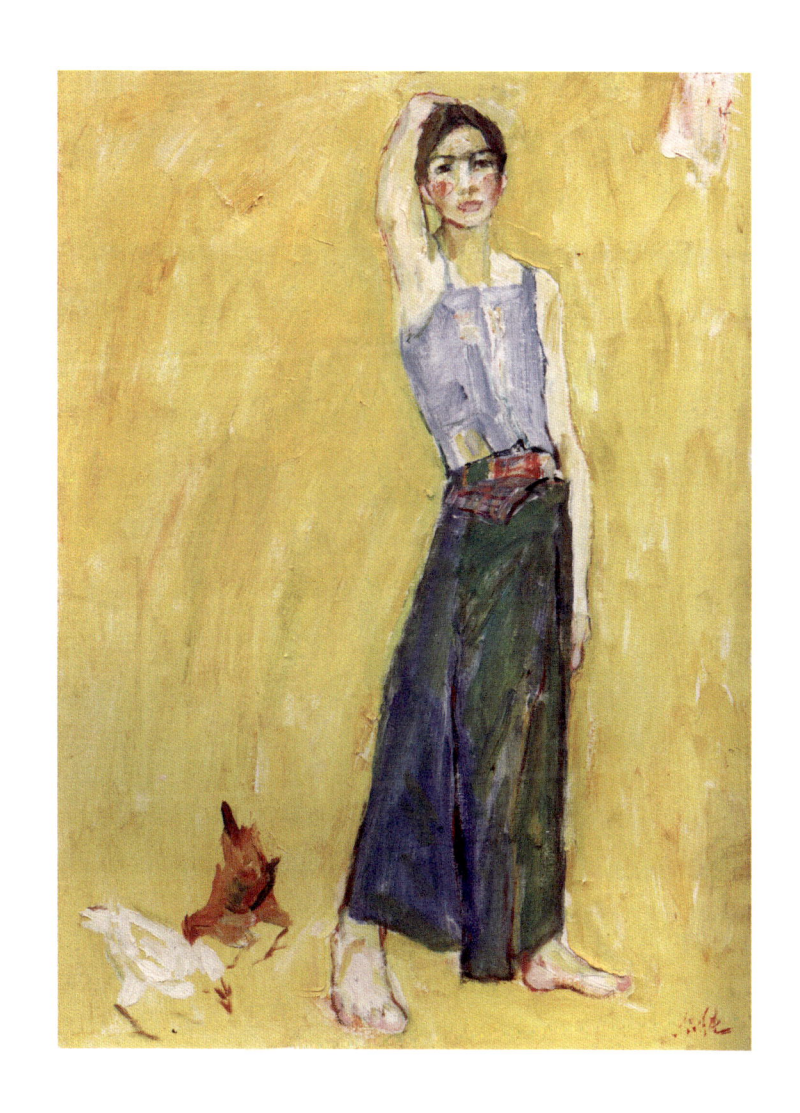

罗尔纯
少女
布面油画
62cm×46cm
1999年

就拉倒了，而不能尽心尽力一枝一叶地把这个对象仔细画够，"他拿对象当一个空筐，为的是往筐里面装上自己的东西"。

这样的批评很犀利，当时自己也被触动了，因为碰到根儿上了，究竟艺术是什么？怎么叫态度端正？我真的想弄明白。

由此心里许多年留着疑问，凡是遇上相关的事就往一起比较，想来想去，后来终于想通了一个大致的倾向，就是无论画什么也许都是筐，画人物、画静物都是筐。什么对象都是个空筐，归根结底里面装的都是作者。艺术之间的不同，不是筐与非筐的不同，而是筐与筐的不同，样式不同，里面装的那位作者不同，而已。比方，有的作者是在他的筐里面蜷着，有的作者在里面顺着，有的是句句陈言套话，有的却一开口就妙不可言。但是任何作品都是拿对象当个筐，言为心声，无论画什么、怎么画，哪张画都是作者的精神自画像，这是共性。

我记得把这么一个简单的道理想通可是费了好大的劲儿。对着千变万化的艺术现象，这个道理要逐一覆盖不容易。传统文人画还好，马蒂斯还好，库尔贝就不容易想通，总觉得人家立意就要追求画出那个对象本身，那么虔诚，那么投入，那么逼真，怎么敢一个"筐"字了事？

其实，库尔贝所求并非"对象本身"，而是特指那对象的一部分特质，那种粗粝、那种沉重、那种不雅，那种不入诗、不入画、不优美的又糙又硬的特质，把这特质画出来才算库尔贝的写实——那个历史上的具体存在过的震撼了美术历史的现实主义。库尔贝的筐里装着他自己的信念、追求和热情，他的苹果、他的石工、他的葬礼、他的画室、他的裸女，都是他的筐。

库尔贝看重了什么，什么才是他的筐。

把库尔贝想通了，我心里才像是过去了一道坎儿。

2

罗尔纯先生的画热烈浓郁，同时也敏感、固执。在公众场合，包括在课堂上他并不是慷慨激昂口若悬河，他不逞口舌之强，而是把要说的话都留到画面上画出来，淋漓痛快一泄如注。什么叫"基本功"？最核心的一条叫作"往心里去"。学会观察是基本功，看什么能往心里去，有真情实感能用眼睛看得出来。笔头儿上也有基本功，下笔就对着自己的心，下笔就有真情实感，就有自己的"心电图"出来。基本功的标准不在于"套路正确"，哪怕传统宋元套路、纯正的欧洲套路，或者最新的美国套路什么的，都不足为凭。

罗尔纯先生的画是动人的，他从苏州美专到北京艺术学院，再到中央美术学院，几十年间，一直在学院的环境里，既得益于学院又没有止步于学院。他探索色彩时因为有胸中块垒。他说自己不怕为此而显得语言上"结结巴巴"。他与自己的观众对话，与天下苍生对话。他不假装大师，不摆指路明灯的架子，他的画面上恳切坦诚，既有苍凉与热切之间的交响，也有无奈与倔强的共鸣。他笔下的生灵们善良无助，火辣辣的向往、怯生生的坚持，尽管失意仍然不肯放弃。

看他的画，就像听他怦怦心跳一样真切。

3

当然不是说但凡"怦怦的心跳"就行。市井刁民骂大街哪个不心跳？哪个不是真情实感？

画的质量好，终归还是人的质量好。

齐白石病病快快胆战心惊，却能活到九十多岁，而且越老画得越厉害，大虾就是他七老八十编的"筐"，精彩绝伦。毕加索一辈子调皮捣蛋恶作剧，编造了无数个"筐"也装不下他那颗活力四射的心。

人的质量是天生的，也是修炼的。人生阅历可以清洗画笔、除去渣滓、校正视线，对于许多不必在意的功名不再计较，从而凝聚心智返璞归真，从心所欲不计荣辱得失，这境界可是假装不出来。

　　艺术的从业人员不少，艺术家历来不多。在艺术家的心里没有止境，他总是忍不住好奇，在未知的领域里探索，总是在成功率不确定的课题上留恋，日日夜夜无尽无休。才下笔头，却上心头。前人说孤身一人探索，四野茫茫前不着村后不着店，天上没有北斗，手里没有地图，这叫走夜路。

　　我想，走夜路正是艺术青春的象征吧？那么，也许走夜路就不只是人生的一个阶段，甚至会伴随一生，假如你足够幸运的话。

2021 年 10 月 15 日

读新书稿《写意油画图史》

1

孙建平先生、康弘先生贤伉俪的新著《写意油画图史》煌煌数百页，几经推敲终于完成了。我翻阅书稿，感佩作者劳动规模之大，更感受到他们那颗心，对于艺术的一片真情跃然纸上。

我和孙建平先生同岁，他在天津我在北京，离得很近，不少往事都是共同经历的。多年前他的油画《韦启美先生》一鸣惊人，谁看了都佩服。从此他一发难收，为文人风骨传神，用数百件肖像做成自己心目中神圣的先贤祠。

追随孙建平的粉丝遍天下。他画得好，对人也好，遇到有年轻人讨教，他就会放下笔，专心致志地讨论，不论面对的是大堂还是小课。这份诚心本身就是魅力。画画、做人一个样，既要有追求又要自然朴素，这两条缺一不可。建平画画出于真情，乘兴而作，兴尽而收，不描不续落落大方，他对那种文人襟怀气度是心向往之耿耿于怀，苦苦追寻不达目的决不罢休。有追求，同时不做作，缺一不可。这是孙建平先生的天赋，也是他的修炼，在画坛并不多见。

孙建平
韦其美先生
布面油彩
81cm×65cm
1993年

多见的往往相反，顾了东头丢了西头，一说有追求就端起架子拿腔作调说不出人话来，反过来，一说要自然就当众脱鞋，"还是汗脚"。

2

　　画家论画，在中国是有传统的。孙建平先生作画之余也是一直有此雅兴。懂他的说他是有心人，不懂的人说他是爱说。

追寻艺术没有止境，一路上万水千山，每一步都是修炼，炼手艺更炼心境眼光，每一步都得用心。孙建平、康弘两位先生天作之合，用心合作了一部又一部好书，不仅图文并茂，尤其难得的是立意新颖鲜明，针对性很强，用心就是用到根节儿上。

《大师的手稿——探索现当代素描肖像》和《大师的手稿——探索大师的心路历程》就十分好看，把俗以为枯燥的素描回归到真情实感的多彩世界。韦启美先生曾经肯定说：此书不是泛泛而谈素描，而是集中考察，重点于肖像，从而推开了一扇能直入现代素描堂奥的大门。韦先生还说：孙建平是一个油画家，他敏锐地感到现实需要，独辟蹊径地对现代素描进行了讨论和评价。

《赵无极中国讲学笔录》由中华书局出版，也是孙建平先生编的，他自己说："赵先生上午下午整天地讲，改画时讲，休息时大家围成一圈继续讲，我和同学们每天都是如饥似渴地记录，生怕漏掉一点。晚上回来打开录音机一句一句地整理核对……"范迪安先生评价说：这本书多年来在油画界同仁中被视为具有"现场感"的重要文献，阅读这些"实录性"的文字，赵先生的音容笑貌如在眼前，师生的交流给人温暖。

3

在我看来，如果说开阔的艺术视野和赵无极先生的启发等都是《写意油画图史》这本大书的基础，那么，2013年孙建平主编的《再写生 共写意》就是更直接的前奏了。这时候他不仅是参与了写生活动的画家之一，而且是整个活动的发起人、组织者、核心动力之一。写生可以是创作，油画可以追求写意精神，这些都逐渐成为共识，也成为《写意油画图史》这本新书的核心立意。

4

在我看来，新的这本《写意油画图史》特别精彩之处在于梳理历史脉络的思路。

这本书涉及人物之多，流派风格之广，可以说就是一部中国油画史本身，读者可以清晰公正客观地感受到，写意性是中国油画的共性，而不是一部分中国油画家的个性。

这书把中国油画家们各不相同的艺术探索梳理出来，指出他们各自与中国写意精神结合之处，虽然风格有别，但殊途同归，同归于写意大传统。用作者的说法是"中西融合"的不同途径。

佛法西来，中国人努力学习，结果是学出了禅宗。油画西来，中国人努力学习，结果也是学成了自己。徐悲鸿先生恭恭敬敬学达仰，口口声声说写实，但是拿画比画，徐先生的写实与法国写实之间就是有一种距离，心灵深处的距离。罗工柳先生认真学苏联，拿画比画，跟苏联之间的距离也很明确的。这种距离就是文化与文化之间的距离。在东西方文化之间的距离很深，哪怕是翻译成了同一个词，比方都称表现，比方都称写实，字面一样，实际画面味道追求还是不同。相反，中国自家里各派之间的距离就小一点，自家兄弟。孙建平先生认为中国油画发展过程里的不同流派都是"中西融合"，只是具体路径、具体观念不同而已。我认同这种看法。写意与否？这不是某派的事，相反，写意是共同的事，中国画家人人都在干。只是有谁一时没认识到，不自觉，而已。我看孙建平这个话是真话，是老实话。

5

  话说回来，孙建平先生很特别，他的才情，他的宽厚仁爱之心，他的幽默、坦诚，几十年来一直温暖着大家。难忘他唱蒙古长调，难忘他机智地自嘲，有他在这个集体里是大家的福气。表面看起来他不修边幅不摆架子，讲话随和，甚至让人误以为他是个无原则的好好先生，但是，接触多了，就会遇到相反的情况，有的时候他不说话了，皱眉头了，他不能随声附和了。他并不怕自己"跟不上潮流"，他有自己的底线，有内心过不去的坎。见到这种时候我会更多几分敬重，因为他真心爱艺术，真心向往绘画里面最好的境界。而这份真心是最动人的，看画读书，都是。

2021 年 8 月 19 日

不为难谁

1

在纽约大都会艺术博物馆见到法国印象派的画又好又多，不免疑问这些画怎么会流出法国的？这都是法国的国宝呀！

后来读一篇回忆录，才知道这些画辗转的过程，关键的环节是法国拒绝这些画，不收。

话说印象派在逆境中成长，既遭受了有识之士的讥笑打击，也结交了忠实的朋友，公司职员肖凯就是其中一位。他收入有限，但一直买印象派的画。经历过19世纪后半叶的几十年风雨到20世纪初，他手里的印象派名家大作已经十分可观，这一生的收藏让他很有成就感。

于是在20世纪90年代肖凯立了遗嘱，愿将毕生收藏无偿捐献给法兰西祖国，他指定了自己的遗嘱执行人是印象派画家、他的私交奥古斯特·雷诺阿。

回忆录写得很具体。雷诺阿遵嘱找到了卢浮宫典藏部主任说明来意，主任的回答却是："雷诺阿先生，您让我为难了。"主任解释说："您要捐的这些画够不够水准？前些年那些很难听的批评虽然已经过去了，刺耳的争执也平息了，但是学界呢？艺术界有什么公论了吗？显然还没有。"主任对雷诺阿说，卢浮宫毕竟是国家最高艺术殿堂嘛。雷诺阿很克制，劝主任移驾走一趟，"来看一看作品本身，相信您亲眼看看就准能明断这些画的艺术水准了"。

主任于是真的不辞辛苦跑了一趟，然后从里面拣选出来几幅，在他看来相对有点内容、相对有点专业水准的画。比方画了农妇喂鸡或农夫田间劳作的作品，主任看来尚可以收藏到某某机构，在行政名义上又隶属于卢浮宫，也还不失体面的安排，以示抚慰，以示开明和宽容。而大部分作品被婉拒了，学术至上，不好通融。

如此一二十年过去，直到终于有画商嗅觉灵敏，找来敲门，一把买走，此后就成为大西洋彼岸的收藏，一批实实在在的镇馆之宝了。

如今法国人要买飞机票去参观了。

2

黄宾虹先生去世后，夫人去学校谈遗作捐献。学校面有难色，说："知道您家里房间小，没地方放，但是学校也困难，也没处放啊。"

据说，那些作品后来是找到省博物馆去收藏了。

学校领导为难。卢浮宫领导也为难。尽管人家肖凯并不要钱，卢浮宫还是为难，不是说利益，不是说钱，是说学术，说水准呢。

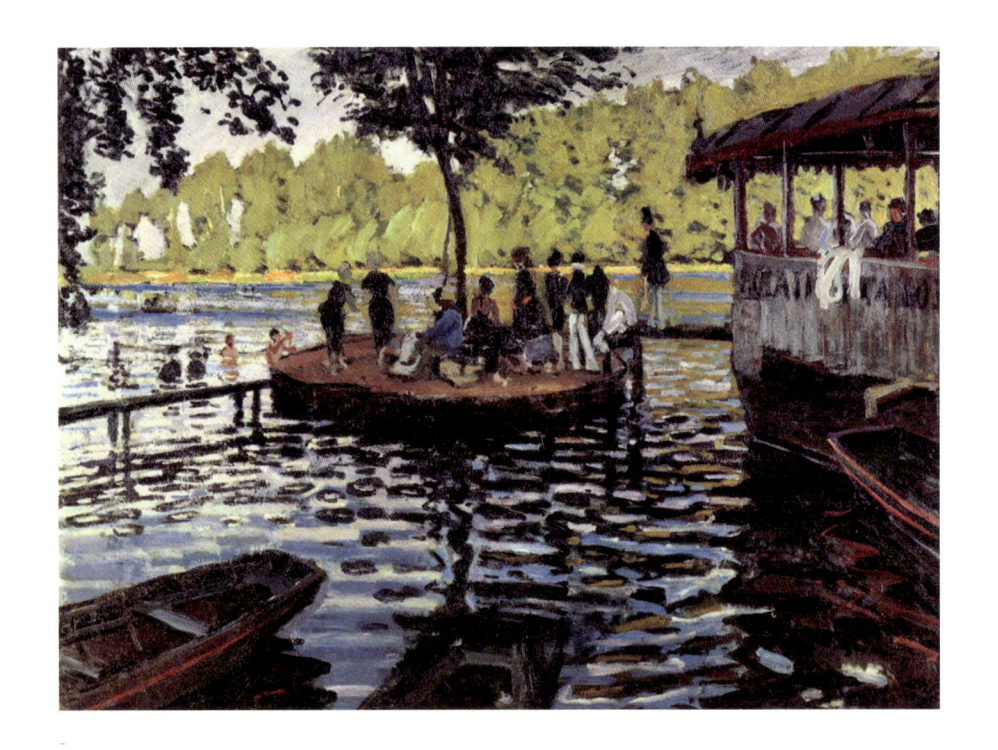

莫奈
格勒鲁耶尔
布面油彩
74.6cm x99.7cm
1869 年

3

事过之后再看都有点哭笑不得。

道理也可以换一个角度想。画家，独执偏见，一意孤行，即使身在高校，身在巴黎，身在最高艺术殿堂，无论何时何地，总还是单身夜路。平心而论既然说是自己独立思考，就不要指望别的人想到一起，就别埋怨别的人不理解。

假设塞尚从小上学不乖，肚子里面另有一套，"不进盐酱"，不服管教，谁教他，谁为难，叫作"磨刀背儿"。他有迷魂招不得，他当然是个刀背儿，这就是必须付的代价，想当塞尚的代价。从小到老，学画的路总不顺溜，总不那么现成，总不那么简单，不是大路通天、一呼百应、雅俗共赏的。

不受人赏识正是常态。

今人回头看罗丹，19世纪雕塑巨匠吧？恨不得法国当时之唯一吧？但是当时呢？他只有《青铜时代》一件作品在沙龙获奖，而且是三等奖。终其一生，几十个年头，沙龙年年举办，罗马大奖年年颁发，想一想几十年间的金奖、银奖都给了谁？不知道了，只记得罗丹一个名字。其实当时的他并不受赏识，至少不如某些人更受赏识吧。

罗丹也会做些通俗、讨人喜欢的肖像，我想，他也得挣点钱吧。那种讨喜的肖像，就像是见面讲的客套话，多少有点恭维。拣些好听的说，避免让人家不舒服，避免让人家为难。天气蛮好呀，衣服很搭配呀，气色真不错呀。俗话叫"唠过年嗑"。这种作品当然也分高下，不能一概而论，比方《清明上河图》或者《夜巡》之类就算是好的，不一定那么巴结跪舔什么的。

罗丹多数的作品并不是那么讨喜，他的几个社会订件都做得不顺，都让甲方有点为难，接受不是，拒绝也不是，修改也未必如意。甲乙方之间的关系总是这样，所以他接受订件有限。在他的纪念馆里，铺天盖地成千上万的作品，都不是订件，我喜欢他这些作品，这些手稿，这些人体组合，这些手与手的交织，大大小小林林总总，汇成他自由的天才的心绪洪流。我有很多看不懂，但是喜欢、好奇。我猜测他当时在怎么想，在怎么做，怎么投入，怎么沉迷。在他自己的工作室里，在自己的灯下，自己尽兴，并不为难别人。

2021年4月20日

黄河的子孙

1979年至1981年我在央美油画系刚刚设立的壁画研究室读研究生。《黄河的子孙》就是其间完成的毕业作品之一。我的导师和当时任课先生侯一民、邓澍、李化吉、周令钊、梁运清、苏高礼、张世彦、张士春、王熙民、王文彬等，都先后到教室指导，提出过不少具体的意见和鼓励，油画系的其他先生及工艺美院吴冠中先生也来现场指教过。画完成以后曾经在帅府园的央美陈列馆、中国美术馆圆厅等处展览，受到关注并被收藏。

《黄河的子孙》构思构图于1980年初，研一学习期间。1980年夏天我专门到河南郑州的黄河博物馆、西安及洛阳、山东等地的沿河古迹考察，途中不仅写生，而且不断修改构图，力图把古代中华文明的历史与现当代中国人为民族生存，在共产党领导下的殊死抗争联系起来，在视觉上显示出一脉相承、波澜壮阔的活力，避免琐碎、局部、罗列、累赘、臃肿的细节堆砌，力求画面有一种力量贯穿始终，从整体色调到人物的动态都不要浮华，不要唱高调，要沉实、要凝重。今天看来这个题目很是主旋律，但在当时只是自发选择的，我很想把握心里的一种感受，对多灾多难又不屈不挠的中华民族的总体感受，那里面不仅仅有自豪，不仅仅有胜利时的神采飞扬，更有一种埋头苦干、沉雄博大的特殊情怀，有这情怀才可以在山河破碎、九死一生的危局里，砥柱中流，转危为安。

记得在画这幅《黄河的子孙》的时候，有一个夜晚我一面画，一面听女排决赛的实况转播。那场比赛打得很艰苦，一分一分地夺，多次落后对手，甚至以为无望的时候仍然不松手、不放弃，直到最后胜利。太艰苦了！换别的娇气一点儿的也许早就算了。什么叫投入？什么叫坚韧无私？《黄河的子孙》想画的也正是这个意思！这个意思不是哪个具体个人的意思，而是通观全局，是全画的节奏，是各部分之间的呼应，并不只是其中哪一件看得见的局部，而是所有局部之间的关系，处处都要一个整体。带着这个意念画素材、写生，画每一个人物、每一道沟壑时都有不同于日常写生的追求，都不是直接如实记录，也不是画出角色个性就好。

画《黄河的子孙》之前先画了一件等大尺寸的素描稿，画得比较吃力，高度不到两米但宽度有七米，反复修改。平时画得比较多的还是写生的个性人物，很少画这种强调象征性、强调共性、强调理想化而不是个性化的造型、色彩。对我来说是一个新课题、新尝试。为此专门跑图书馆，专门查找资料，反复酝酿。最终，无论自己还有多少不满意，到了画布上用油画颜料完成的时候，还是一气呵成，比想象的快。在领取毕业证书之前，《黄河的子孙》作为研究生毕业作品之一完成了，那是1981年的夏天，在王府井校尉胡同的校舍里，平房二排七号教室。

记得原来的标题是"黄河的儿女"，一直到展出的时候有观众反映说："画的全是儿哪里有女？"我才恍然发觉，然后改成为现在的名字了。

2021年3月13日

皮罗斯马尼的红玫瑰

皮罗斯马尼画的是农民画、素人画。素人，没有科班的出身。

1

据说关良挨整的时候，被弄到巷口表演基本功，关良当时在大学讲绘画基础课。据说表演得挺尴尬，街头巷尾指指点点的老百姓都觉得关良画得不专业，"画得真是不行嘛"。老百姓觉得画这样也能当教授？实在误人子弟。

现在还能见到当时关良画的阿庆嫂和刁参谋长。画面变得紧张了，以往的幽默感少了，用笔多了些恭敬，正经八百的。也许是想往大众口味上面贴一贴吧，至少人物比例别出错吧，造型透视没硬伤吧。于是画出来他一生最没意思的几幅画。

皮罗斯马尼
门房
布面油画

今天想，像谁画得好这么简单的问题，不能靠"票决"，不能靠"民选"，也不能靠"少数服从多数"解决。市场也相当于民选，谁画得好让市场说了算？市场就比宫廷英明吗？恐怕也得具体比较，看哪个市场，哪家宫廷，如果是赵佶的圣意呢？叶卡捷琳娜二世的油画收藏，请的是顶级专家伏尔泰鉴定把关，换哪个市场比他更进步、更专业、更符合艺术规律呢？

2

关良是喝过洋墨水的，而且笔精墨妙，他有专业基本功，但非流行的那一种而已。真正"没基本功"的是素人画家们。比方大家都熟悉的亨利·卢梭，比方大家不太熟悉的皮罗斯马尼。素人画家们不是院校出身，也未必在体制内作画展览。他们画的，如果拿学院的尺子量肯定不够格，但是，未必就没有魅力。魅力，跟基本功之间是什么关系？至少不是一码事。

3

长颈鹿被皮罗斯马尼画得挺神气，不顺从，不服你；白熊妈妈大声呵斥孩子不乖，小熊哼哼着走开并不检讨；驴子跟它主人一样憨厚；白猪们气势汹汹，正义感很强。

我是从画册上认识皮罗斯马尼的，喜欢他的画，像短小的寓言，语言朴素，含义丰厚。他就是农民，画的就是农民画，明摆着糙，大黑大白的对比，但是又不只是糙，不好简单一言以蔽之为"俗""野"，因为他笔下的生灵，那些历史人物，那些汉子，目光炯炯、活灵活现的样子，各有些自信，各有某种庄严和自尊。这种画保留着文明之始混沌初开的魅力，像是剥去了炫技包装之后，露出了艺术最原初的那点东西。对这只长颈鹿、这头野猪，他直言，说出他恳切独到的信念和感受，之外还有什么？如果把通常借以撩人的华美技艺退回到原点，会怎样？

在雪山顶上空气稀薄，在岩石缝里，土不肥水不美，贫瘠，荒芜，竟然还有苔藓，竟然还有雪莲，这些生命是奇迹，也是棕榈树、牡丹花所不能代替的。另类的了不起，叹为观止，断不可小看。

4

中国北方乡下有一种画工，叫"画炕围子的"，走村串巷，给火炕边缘画上装饰，画图案画花鸟。算是小装修？算小壁画？后来没人睡火炕了，也就没有"画炕围子的"了，城镇里还有一行是做招幌的，为商店、饭馆弄门脸儿，设计字体加上装饰，做标牌招幌。

皮罗斯马尼是格鲁吉亚人，在那边做招幌，又能写美术字，又能画画，画些狮子、牛、羊、长颈鹿，给酒店、咖啡店挂在桌边。他画得好，找他画的店家很多，在格鲁吉亚首府第比利斯一带很有名气，很受欢迎。但他算不算艺术家？他本人似乎不太在意这个问题，他文化不高。

皮罗斯马尼1862年出生，1918年去世。他是孤儿，长大以后打过几样杂工，常常流浪，后来专门画画了，靠画画吃饭了，不叫"业余画家"。画画是他的专业了，而且挺受推崇，但也仅仅是个画工、画匠吧。据说，如果他志向高远，用心经营自己，不是完全没有机会发财成名，但是他最好的日子也只是好吃好

戴士和
楼外窗下
布面油画
60cm×60cm
2020 年

喝而已，实际上流落一生、潦倒一生。

亨利·卢梭也出生贫贱，到 40 岁时离职开始专心画画。正逢 1880 年的巴黎，劳特雷克、毕加索都夸他，新成立的独立沙龙每年都展出他的新画，他很快名满天下。与皮罗斯马尼相比，虽然都是素人、稚拙画家，但天赋有别，境遇也完全不同。

5

熟悉格鲁吉亚的朋友说，有一首流行歌曲红极一时，歌里唱的正是皮罗斯马尼，他疯狂追星，把自己的房子卖掉，买了"一百万朵红玫瑰"，用几辆马车运去，为得女星一吻，不惜落得一无所有。歌词不是生平传记，华丽情节无须考证。但流浪汉是真的，他给店铺画画就在铺子里过夜，偶尔租间楼梯下面的木板隔间，除了衣服和自制的手提箱真的一无所有。生命最后几年里彻底孤身一人，在冰冷的地下室里病倒三天之后，于1918年春天复活节的日子里去世。

据说他的画1913年就开始入展，名声逐渐传播，有了国内外买主。他的个展巡回于欧洲各国首都也是在他去世以后，如今作品已被多家博物馆收藏。

6

皮罗斯马尼的画很大方，有力量，有股倔劲儿。我想，天下画画的人才其实很多，不只是露脸、显眼的那几种。虽然进了全球化的时代，也还是有些散淡的人、不从众的人，他们未必不能，但不求闻达、不慕荣利，过着自己选择的生活。古往今来，大千世界波澜壮阔，就是因为形形色色有意思的人来过，留下了不一样的传说。

2021 年 2 月 20 日

好眼力

1

前些天在美院的座谈会上听到有同学讲:"专业课上总是人物写生,作业要求又总是很具象,可是我现在特别有兴趣的是抽象表现,对具象表现很抵触,怎么办?"

我说:"如果是我就把课上课下分开,把课外的兴趣放到课下去弄。"

课内的东西不够吃,吃不饱,这说明胃口好,健康,机能旺盛。不能反过来怪学生嘴馋,吃了碗里还惦记锅里的。好奇、馋嘴、贪吃都是老天给的天性,好身体的天性,宝贵的自然天性,是人生的基础动力。谁能拧着它?是"存天理灭人欲"的说服教育,还是"教学计划"的严密管理?成才总是从现成的、公认的成才模式里"脱壳而出"。

2

无心插柳柳成荫。命运的恩惠往往是出其不意，不期而至。当时受挫折、受打击，很久以后才恍然明白那是获得拯救的机会。

梵高真正专门绘画的日子不过十年，此前不是一点不画，但是"瞎忙"，做了太多杂务，而且每件事都挺投入，并非"旁观"，并非"为创作"体验生活。他跟妓女恋爱也一样当真，真的爱，真的救赎，死去活来。全然不像"识时务者"，不像一个"聪明人"那样，"不吃亏，守住自己的摊位"。你看他狂热的，上班下班一个样，任职和不任职一个样，傻的，大好光阴，不做专业太可惜，心无旁骛才是"成功之路"。

梵高抱怨命运了吗？想做的事情不能做？用非所学了吗？我看他多年的蹉跎岁月，正是命运的惠顾，生命的历练，打个大基础。他的洞察力正是在蹉跎中修炼出来，超越了一般"专业"画家对于"优美"、对于"修养"的俗见，练就了他的火眼金睛，明辨高下贵贱美丑，发现那些宝贵的真实的东西，看破那些假话、套话、空话。这种眼力是他鹤立鸡群的基础，是他出类拔萃的前提。如果他没有"耽误时间"，按部就班在美术学院完成了学业，会成长得如此杰出吗？

3

眼力。什么叫眼力？人跟人之间眼力能有多大差别？生理构造一样的眼睛，所看见的东西能有多大差别？

还说梵高吧，他写生的麦田我去现场看过了，他画的小村镇、小街道我也看了，但是与梵高相比，"见到的"并不一样。在我眼里，麦田、乌鸦，还有那些螺旋形的侧柏，一切都"正常"得很，哪来的痉挛扭曲？

拿来一张胸透的X光照片，我的眼睛与医生的眼睛的生理构造虽然一样，但是"看见了"什么？我的眼睛大概是什么也没见到。

面对浩瀚的星空，面对深谷的断层，谁能看见那些有价值的、奇妙的东西来？凭的是眼力，凭的是眼球里面的一种控制，一种主动的获取，积极的聚焦和关注，这些都是与视觉观察同步进行，而不是客观观察之后才开始的主观加工处理。人的视觉之奇妙，就在于睁开眼睛的第一刻，就已经有大脑、心灵的参与了。

所谓"把思考悬置起来"以求"纯粹的视觉"，所谓"回到孩子出生第一眼的视觉"以求"纯正干净的视觉"，妄图把眼和心分开，可能吗？它的合理处仅在于一种渴望，企图抛开成见，看到被成见遮蔽的世界。

4

好眼力，可以见人所未见。

红花墨叶是齐白石画出来的，他这么画了，大家方才恍然觉得服了，为什么服了？因为发现"确实如此"，经他的提示和导引，看到常见的景色里另一番不平庸的境界，妙不可言。

意大利的莫兰迪画的小瓶小罐和角角落落的风景都有趣、都耐看。有说是"形而上"的画，不无道理。他观察和描写的兴趣点不在于"再现"那静物本身，而在"是与不是"静物的提问。

在"是"静物与"不是"静物之间，在"是"眼见的与"不是"眼见的之间，

莫兰迪
大自然死了
水彩纸本
16cm×23.6cm
1959年

既不能"不是",也不能"就是"。他的好眼力捕捉着临界点上的危局,这是精神认知的危局,也是视觉上的危局。

有个词叫"着眼点",说的是什么东西被看中,指被抓住、被关注的那一点。一张画的"着眼点"何在,就是作者的眼力何在,它也是作者天分高低的验证。

莫兰迪用小画质疑,个人亲历的所见所闻与事物本来的存在之间是什么关系?或者说,我们所亲历的、亲见的就是可信的吗?

他的质疑很优雅,也很傲慢。

好眼力

5

话说回来,画画靠眼力,但是眼力不只是视觉。眼睛是心灵的器官。学画没什么课内课外之分,总而言之,人生里干什么活儿,无论扛麻袋还是送快递,是打仗还是逃亡,无论别人嫌你傻还是嫉妒你顺,无论有伴儿还是孤身一人,任何经历都可以是艺术的滋养,"大贤虎变愚不测,当年颇似寻常人"。只要你有心,那么生命的每一时刻都是艺术生命有机的组成部分,都是艺术发展不可或缺的一次宝贵机遇,哪怕这件事仿佛与艺术没有关系。其实,恰恰是在无关之处看出关联,才真正称得上好眼力。

2020 年 12 月 12 日

尼尔单刀直入

女画家艾丽丝·尼尔的画我一见就喜欢的。她本来学过专业,不是业余的,不算素人,可是她的画并不染专业的习气,不循套路下笔。她常年在美国生活,是大都市的白人,有很多博物馆的名画可以学习借鉴,但是她的画还那么质朴、纯粹、坦诚,她天生的好眼力,能直接看见人物的真性情。我由此想到一个老问题:什么样的肖像才是可以被摄影取代的?

1

恐怕没有哪个人物是尼尔不想画、不能画的。

她画兴十足,就像好作家不太挑剔题目一样,尼尔无论画谁都出好文章。

那些人物,那些写生,她抓来就能画,直接都是尼尔自己生活里的人物,住在哪儿画哪儿,她画社区里的普通人,其中非裔、拉美裔不少,是所谓的"有色人种"。除了个别名流、民权领袖以外,都画美国的穷人、混得不好的人,过得很艰辛的,在社会上不够体面,不人起眼,挤住在廉租房里,子女找不到

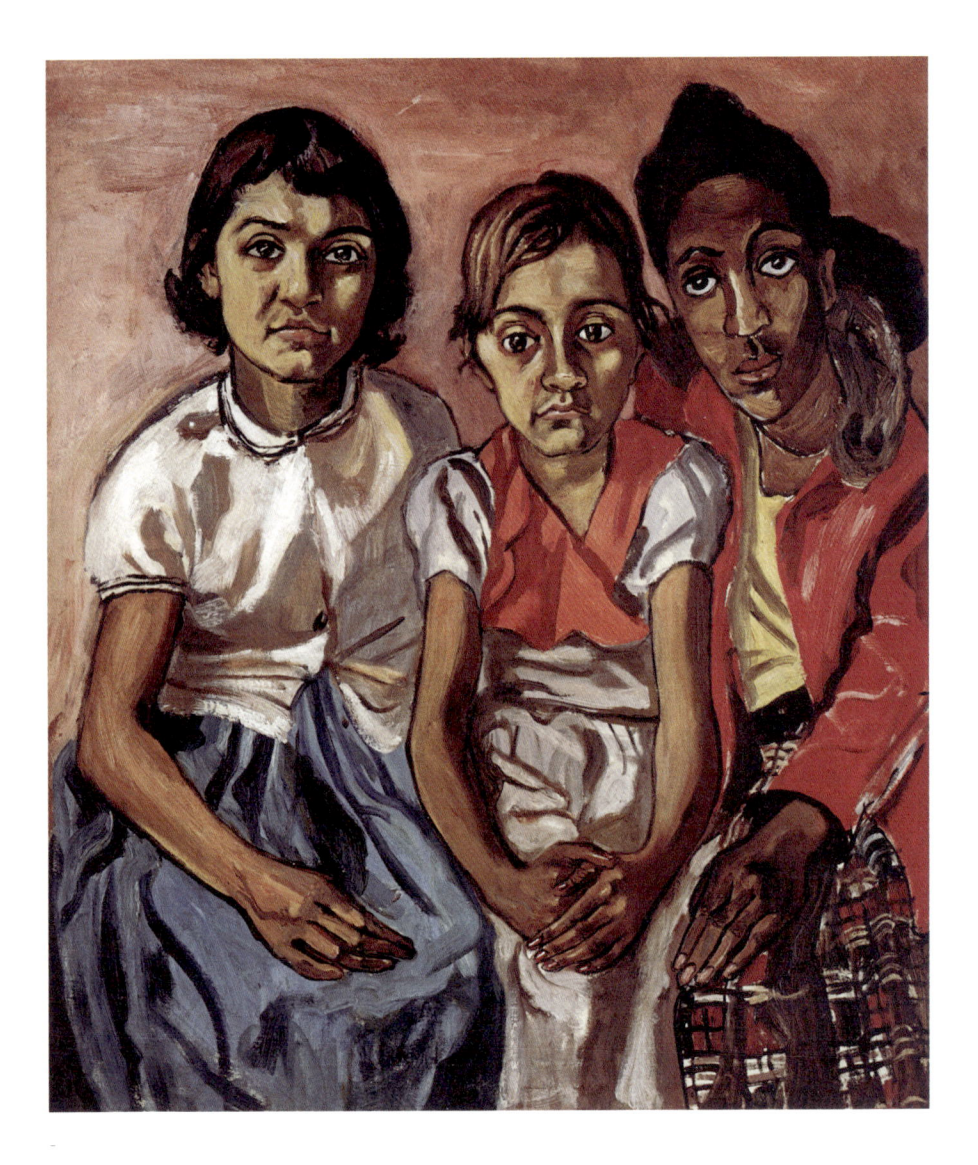

艾丽丝·尼尔
三个波多黎各女孩
布面油画
81.3cm×71.1cm
1955年

学校可读，每天为口粮发愁的人们，一般说来很乏味、缺少"诗情画意"的人们。

妙就妙在尼尔身手不凡，点石成金，一经尼尔之手这些人就变了，这些"不入画"的人物在尼尔的画面上都活了，一个个眼睛里都有故事，嘴角上都有爱憎好恶，活生生的个体生命，绝非混混沌沌的、模糊的大多数。你敢说，其中哪一个生命可以"被化约"掉吗？

也许社会上触目皆是对周围事物熟视无睹的人们，但为什么他们到了尼尔的画面上就变了？是她的"艺术语言""图式"有什么特别之处吗？真的有吗？也许有，但我实在没看出来，只看出她超越桎梏画得朴素直接。她的眼睛不受骗，直视内心。尼尔天才，画笔单刀直入，把人物剥光只剩下她的真性情，袒露出她最想掩饰的心跳，她羞怯的体味，她那颗心的软硬。

这是尼尔的天赋，也是她的真功夫、真本事。

在现场写生，最在乎"选择"。因为可能性太多。画风景是天气在变，阳光在变，画人物更不可能让人家"呆住不动"，人总是会忍不住动一动：一会儿专心，一会儿走神，一会儿发呆，一会儿偷笑，一会儿身体支在左脚，一会儿支到右脚，总是变来变去的。所以，关键就看作者的选择了，看作者的眼光，看作者的本事，抓住哪个动作，选择哪个眼神。有的作者不怕模特变来变去，甚至要求模特动起来，来来回回地走。为什么？因为模特每一变化都是给作者一次深入的机会，再选择、再调整的机会，再观察、再加强的机会。机会难得，怎么能让人家模特去假装硬生生的石膏呢？侧一点，再侧一点，好！别动了。

相信尼尔喜欢画活人，很享受这个过程。

观察人物，耐心聊天，逗他坦露心灵，解除他精心的伪装，把那颗怦怦跳的心给捧出来，捧到画面上。她了不起，但凡模特有那么一刹那的闪光，一不小心流露出来，她随即就会把这一刹那及时捕获，直截了当转述到画面上去，成为传神偶得的一笔。这一笔之宝贵，抵过千言万语，比对象本人更像他自己！更加精练肖似、更加传神！其精彩，不亚于任何小说的长篇描写，恐怕照片也落得乏味。

2

尼尔1900年生于美国费城，活了84岁。她是美国人，美国白人，终生挚爱绘画全情投入从不偷懒，直到暮年，惠特尼美术馆为她做了高规格的个人作品展览，她从此名满天下。在此之前她潦倒困顿默默无闻，一直在生存边缘苦熬，找不到出路。她也曾年轻，也曾热恋，也自杀过，也得养孩子，也卖不出去画，也领救济金。

她自闭吗？不像。但是她在高层艺术圈混不来，既没有稳定的"专业"身份，又没有可靠的"后援"。"不会混"吗？自生自灭？画了许许多多"没有出路"的人物，自己也"没有出路"了，变成"垮掉的"人之一。识时务的人很难想象，为什么她总喜欢到那些"下九流"里去扎堆？穷成那样为什么不去乖乖上班，挣钱还弄这种"闲人"的艺术？过这种"波希米亚"式的生活？只顾自己浪漫？置别人于不顾，置子女家庭于何地？什么劳什子艺术家？

3

设想一下，如果改一改结局，最终没有惠特尼美术馆的承认，或者把惠特尼美术馆的大展推迟，让尼尔有生之年得不到承认，让尼尔的子女们发愁，遗作至今无人问津，那么，现在会怎么讲尼尔呢？

她画的画其实还是那些画，她的人生故事也还是那些情节，但恐怕基调完全变了，不再是一个励志的故事，而变成人生的教训：咱早就说了吧，她画得好？不可能嘛，嘿嘿嘿。

尼尔运气还好吧，那些埋怨她、规劝她几十年的亲友可以改口了。我看她在接受采访的样子也是很好看了，笑得很受用的。

但是问题在于前面那几十年的光阴怎么算？如今她成功了，赞美"她的苦难的历程正是她荣耀的一部分"，这种便宜话好说，但是当初呢？成千上万的日日夜夜，几乎贯穿她一生呀！

我想，尼尔把"九九八十一难"熬过来固然很不容易，但是，她有幸以画为伴，画每一幅她都有享受，都真的兴致勃勃。于是，一旦时来运转，她生平的哪一幅画也都有了光彩，也都拿得出手。

这就远非人人可以达到了。

回首平生并无憾事。这或许也是真的吧。

2020 年 10 月 15 日

聊聊考学

1

美院招生年年都备受关注，今年又是议论纷纷。因为有的院校把招考的规矩改了，改为只考一门"命题创作"，取消了其他素描、色彩诸科目。近二三十年来的招考惯例一直侧重"基本功"，素描、色彩好才算是画得好嘛。以往也不是不考创作，但是不侧重，评分录取时候占比不高。

大家议论纷纷。天呐！光考一门创作？招生不论学生画得怎么样啦？今后只看考生"鬼点子"多不多？所谓创意？所谓变通能力？

我想，招生如果单考一门创作，那么考生多方面的素质能力都要从这么一件创作里识别出来，评卷的难度就被大大提高。当然，单考创作，倒并不是"离经叛道"的新鲜做法，比方科举考试还不都是只考一个命题作文？历来不考语法知识、填空、造句之类"基础"，所以说这不算是新规矩，其实是传统，是老规矩。

"五四"以后办新学,招生考谁画得好。什么叫画得好,一直都各有主张。

有时说来像是"基本功"与"创作"孰轻孰重之争,但是追究起来,所谓看重基本功的说法有时也只是看重"某种"基本功,比方印象派那类的基本功,比方光影的造型能力被看重,而线描基本功却被看轻。如果说是在某一个导师工作室里,"独执偏见,一意孤行"未必不是优点,但是从院系大局范围来看教学的规矩,究竟怎么设置为宜?

2

从考生个人看,考学更是大事。

人生漫漫旅途总有几个"紧要关头",叫作命运的十字路口吧?叫作重大机遇吧?叫作几道坎吧?总之必须抓住这个难得的机会,打起精神来坚决翻越过这个山丘。万不可走神,万不可松手。

一则寓言说:有座茅屋住着三兄弟,生活潦倒一事无成。老大忙做官,但是上不去;老二忙发财,也没富起来;老三看透了世道不公,觉得瞎忙没用,索性坐在屋檐下晒太阳,徒手捉苍蝇。话说某日命运女神飞临这座破茅屋,心疼他们就暗自决定在这里停留一天。三兄弟当然不知情,他们不知道这是很特别的一天,不知道女神光顾。他们像往常一样把这么一天过去了,但奇怪的是老大仕途顺利升了官,老二经商顺利发了财,而老三呢,在这一天也顺,抓到了好多苍蝇,一抓一个准儿。

谁敢说自己不曾与命运女神擦肩而过?谁不曾受过命运的恩惠?我在初中毕业时一心一意想考中央美院附中,满脑子的速写素描,却不料当头一棒,偏巧那年附中不招生!当时心情之沮丧,觉得自己运气不好。直到今天才领悟

聊聊考学

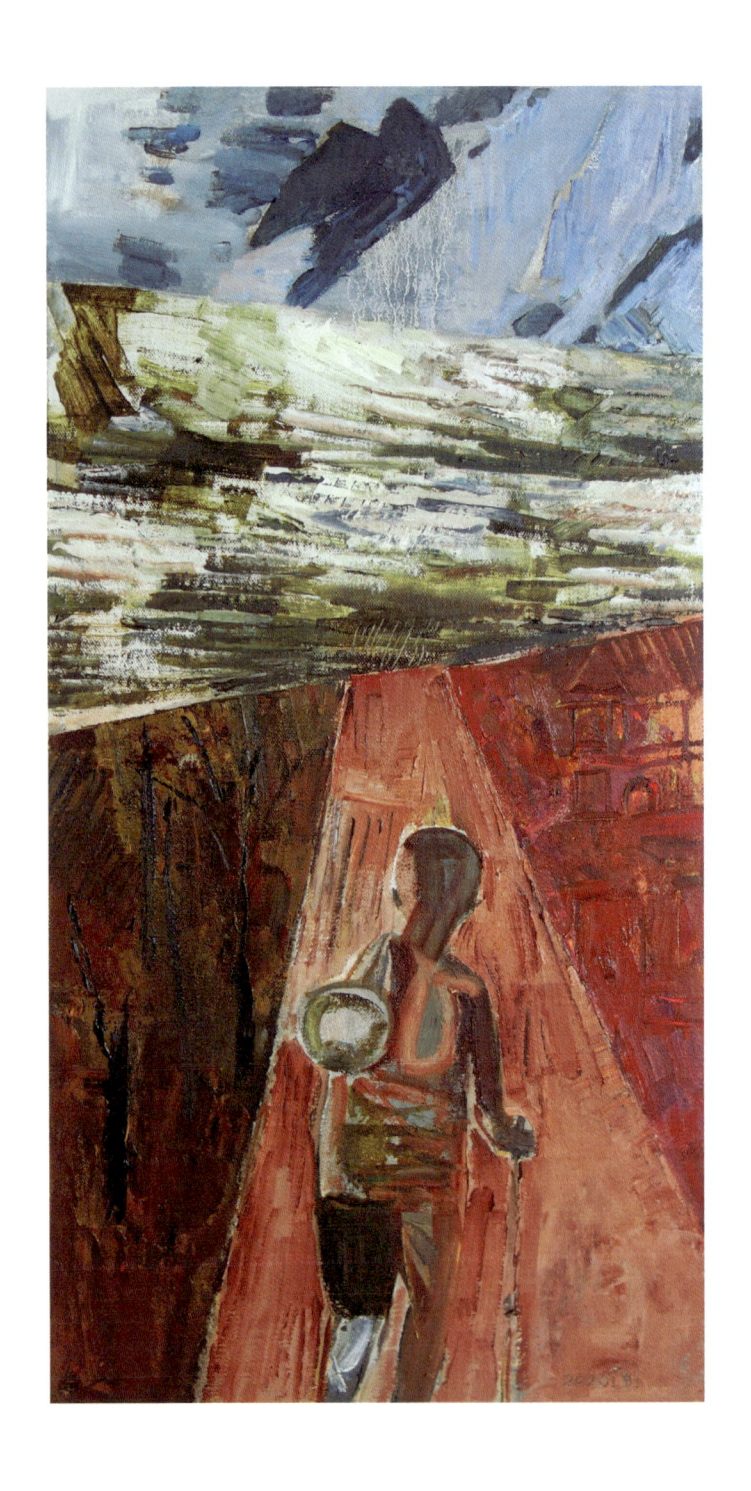

戴士和
行者
布面油画
80cm×40cm
2020年

到，高中阶段专一学习绘画与打下更宽的基础，哪个为好？并没有唯一正确的答案。此情可待成追忆，只是当时已惘然。

3

我到底要什么？

这道题是人生的必答题，要用自己的一生来回答，往往不是一开始就清楚答案的，需要经过点事情，才能琢磨出点味来。

记得美国有位艺术家，算是当代有影响的，但他只画油画，在美国有点奇葩。记者好奇地问他："在当今日新月异的高速发展里，油画早就已经被淘汰了，算不得艺术，只是一种过时的手艺罢了。而你竟然选择了绘画，是何来的勇气呢？"这位艺术家的回答给我留下了印象，他说："我选择绘画，并不是我的牺牲，而是我的所爱，我爱的是绘画，爱这件事本身，而不论它在别人看来够不够伟大，还算不算艺术。"

他知道自己要的是什么。

考学还是不考？某个学位要争还是不争？某个活动我报名还是不报？每一次选择都是那同一道大问题的变体：我要的到底是什么？

回答不是说给别人听的，所以只能扪心自问，越是早些想通了就越早自由。

4

记得伦敦的圣马丁艺术学院主管教学的副院长眉飞色舞，兴致勃勃，在他们拥挤的走廊里一边带我们参观，一边介绍说：我们需要一而再再而三地告诉学生和家长，学艺术跟学理工技术不同，技术学科可以预测下一步的社会需求走向，学校也是依此安排课程，以求教育服务于社会，学以致用。但艺术无法预测。

他说，教与学双方合作，教方说清楚我提供什么课程，我能教什么，学方说我要学的是哪几样，双方自愿。教方预先讲好，你如果只选这些学分就只给肄业文凭，必须达到多少学分才给毕业文凭，等等。总之，上学就是上学，跟谁学什么课，而已。至于毕业之后"成不成艺术家""有没有创造性""是不是领军人物"，都不敢许愿，不敢预测，不敢吹牛。

事在人为。

诚实、守约、合情合理的话，事情总可以办得好些。"人微言轻"，谁又能为所欲为？但是，各种规矩之下，每个人往好里做的空间又总还是有的。

实际的效果如何，既要看规矩怎么定，也要看是谁来做，怎么做的。

2020 年 8 月 15 日

看似简单

本·沙恩，一位很有意思的美国画家。

1

本·沙恩的画很好看，很打眼，个性鲜明，但又不好归类，算哪一派的？超现实吗？现代主义吗？写实吗？装饰吗？

1954年纽约现代艺术博物馆MOMA推选出本·沙恩和德·库宁两人，作为美国艺术的代表人物参加威尼斯双年展，好评如潮。沙恩说，这么多的评论把我都弄糊涂了，不知道自己该算是什么流派。他说糊涂当然是打趣，他什么时候糊涂过？

流派是跟着人走，而不是人跟着流派走。人不好归派也许恰恰是新派，与众不同。

在别人笔下互不相容的东西，什么写实、装饰、光影、线描、文字、图形，甚至绘画和摄影，到沙恩手里全都能融会贯通天衣无缝，而且大方自然恰到好处。

本·沙恩的作品好看就在他的丰厚，虽然看似简单。

一方面，他的画妙趣横生从不啰嗦。造型利落、硬，人是人，物是物，不打马虎眼，边缘轮廓一清二楚。另一方面，又高度提炼，他把对象概括成了简洁的平面色块，成了单纯的平面图形符号。每个人物的脸都抓住要害，摒弃"共性"的冗长的结构叙述；每个房子都不卖弄空间立体的繁琐套话。五官的简约就像几刀线刻，像是尖笔行文一样精致敏感，出神入化。大厦廊柱的简约就像黑白相间的大写字母一样官气十足板着脸孔。

他的画造型朴素真切，没有光影虚实的套路，但求传神达意的单纯诚恳。他的画色彩构成大开大合，但力避甜滑讨巧。在本·沙恩的笔下，可有可无的，一概从无。真正要说的东西，却是攥得很紧，毫不放松。他把真正要劲儿的细节，精之又精地用单线勾勒清楚。其详其略，其简其精，两相对照，差距悬殊而又浑然一体。画面看似简单实际用心良苦，境界至高，用白石老人的话说，可谓"一粒丹砂"，断非常人所能。

2

本·沙恩是犹太移民，生于立陶宛，父亲是有文化的木雕匠师。1906年沙恩8岁，随家人移民美国，受父亲熏陶广泛阅读包括《圣经》，包括马克思，也包括托尔斯泰，等等。

本·沙恩善于学习，1924年开始他两度游学欧洲、北非。当时的欧洲正

本·沙恩
四人乐队
坦培拉
45.7cm×61cm
1944 年

值现代主义天马行空,沙恩一面吸收一面反思。回到美国的时候,他的旅行作品引起投资人的兴趣,邀他画廊作展,却被谢绝,因为他不想自己年轻轻扛不住赞扬的诱惑,把一些不成熟的尝试当真了。而立之年志向高远。

他原来是不满于纽约艺术界的崇尚时髦才远赴欧洲考察,但当他游欧之后发现,欧洲放纵不羁的风采跟美国式的精明、清晰可控的作风结合起来才是自己。

看似简单

他从小经过平版印刷的手艺训练，习于苛刻、惯于精准。他既喜欢新起的保罗·克利，也喜欢古典乔托。他迷恋摄影，风尘仆仆穷街陋巷拍下的照片千千万万。他想把最新的摄影和最老的壁画熔于一炉。他追求纪实的文献性，也追求永恒的象征性。

本·沙恩热情关注社会，20世纪30年代投身罗斯福新政，一生创作题材丰富，涉及美国社会百态，包括著名的禁酒运动，新规划社区的建设，社会焦点案例，二战期间盟军的招贴，甚至包括监狱管理方式的沿革，等等。把形形色色本不入画的题材表述出来，大大拓展了绘画的疆域。他参与的一些壁画工程，包括墨西哥壁画家迭戈·里维拉在洛克菲洛中心的壁画，还有自己创意设计的哲理壁画。这些设计稿都有意思，显现出他开阔的视野，独出心裁的视角，热烈的公民责任心。

沙恩不光埋头画画，他的人生阅历也很丰富。

3

本·沙恩爱憎分明，又有一种幽默感。他抗议贪腐，思路又不止于愤怒，他画的"反派"人物常常可笑而不自知。从文明与人性的角度来反思贪腐也是画家可取的思路吧。

他画的加州州长詹姆斯·罗尔夫，面对公众脱帽致意，举止道貌岸然。亮晶晶的公务车，胸口的花，露齿的笑，自以为处处得体，实则处处露出马脚。虽然远隔百年之久，也能感受到画家由衷的蔑视、洞察和幽默。

他笔下的示威人群有一拨是"禁酒令"的拥护者、基督教会的妇女信徒，体面地上街伸张正义，喝酒乱性悖乎天理，淑女姐妹们虔诚可掬；另一拨是"禁酒令"的反对者，嬉皮笑脸的绅士。双方相映成趣，政府禁酒煞有介事。沙恩天才，活脱勾勒出一幕当代闹剧。联邦政府的探员们，执行政令一本正经，把缴获来的红酒，整桶地倾倒进下水沟。探员们的姿势动态摆足了，眼神却流露出强烈的不舍：天啊！暴殄天物，上好的美酒就这么给倒啦！

本·沙恩有一支神笔，不仅笔情墨趣画意十足，而且每每穿透灵魂入木三分。

幽默感是天生的。本·沙恩恪守一个文化人的本分，既要投入社会运动，也要独立思考，尤其是当他的画一再涉及美国公众事务，在险象环生的激流里，他强烈的正义感和他的幽默口吻互为表里，每每超越社会问题本身，升入人文立场直接叩问人心。那些画面上的大人物、那些小混混，无论直接行凶还是当众说教，都可笑且可悲，是短视、是自负，贪婪而不能自拔，昏庸而不能自知，好可怜。在本·沙恩的幽默感里有胆有识，有悲天悯人的情怀。是沙恩个性的情怀造就了个性的艺术。

说到艺术个性，记起20世纪80年代听古元先生讲笑话，说到国外时常被安排参访当地大牌艺术家画室，遇上那种大牌，人很能混、地位很高，但作品不高，现场怎么开口都比较尴尬。古元先生笑着伸出食指说："后来我想出一句话可以讲：'画得很有个性！'"大牌听了满意，自己说了也不太违心。

在不同语境，"个性"这个词的价值不一样。我说本·沙恩的个性鲜明独特，在这里，艺术个性当然不是"有"或"无"的问题，而是说他艺术个性的品质很好，很有意思，很耐看、耐品味。

2020年6月20日

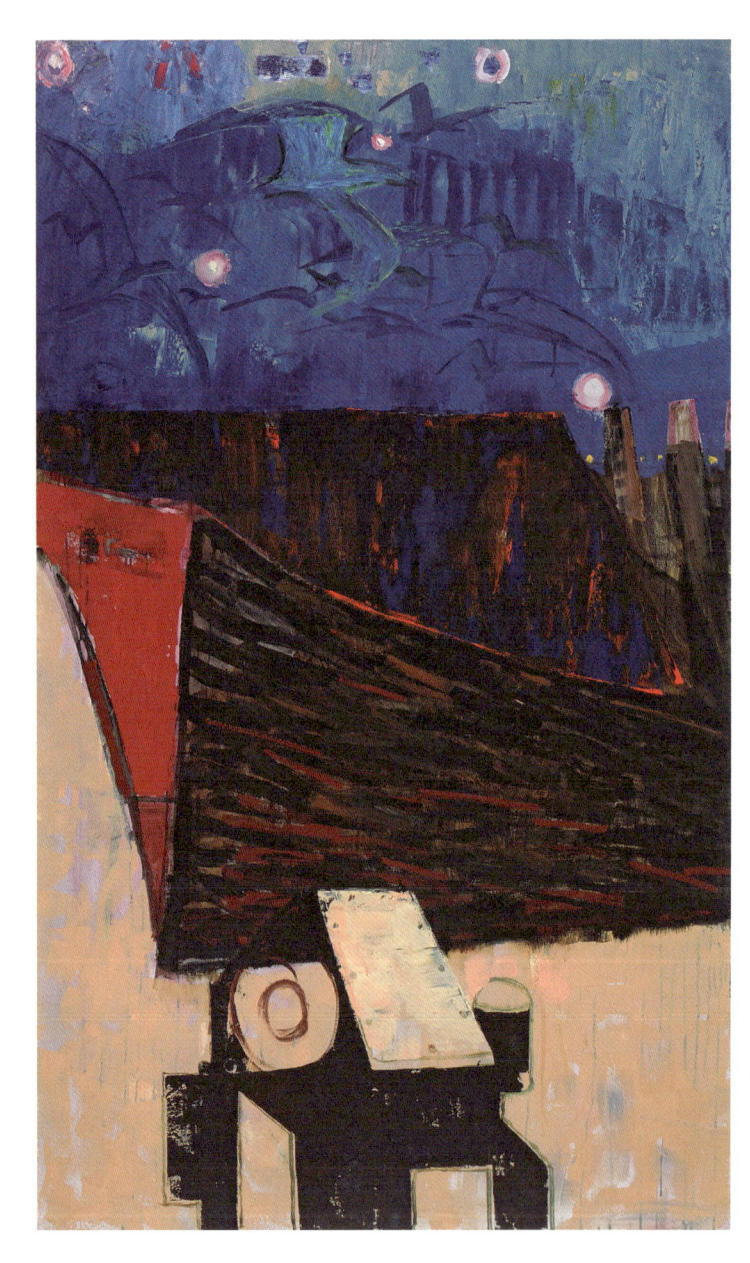

戴士和
别了，大海之一
布面油画
200cm×120cm
2015 年

难民的船

1

去年在巴塞罗那的博物馆里见到一件 DV 作品让我久久难忘。作者是北非人，作品的名称忘记了，姑且就叫《难民船》吧。大意是讲海边有个十几岁的小伙子，弄到了一条烂木船，拖到沙滩的坡上，自己动脑筋想办法怎么把小船修好，他动手补窟窿、做木工、做油工，七拼八凑总算是完成了这个大工程。镜头全都拍得很漂亮，色彩和光影都强烈、硬朗。地中海明亮的阳光下，肤色油亮衬着蓝天。记得特写镜头在船舷上贴布、刷胶，一层一层刷过来，从手和刷子的特写，看得出那小伙子很能干，伙伴们都佩服他。记得修成后的小木船停在岸边整装待发。小船在沙滩上闪着光，载着理想和智慧。

他们的理想是什么？渡过地中海去欧洲，去当难民。

船太小，浪太大。离岸不久，木船就散了，就沉了，小伙伴和小木船都散落在碧波里，散落在地中海美丽的清澈的碧波里。

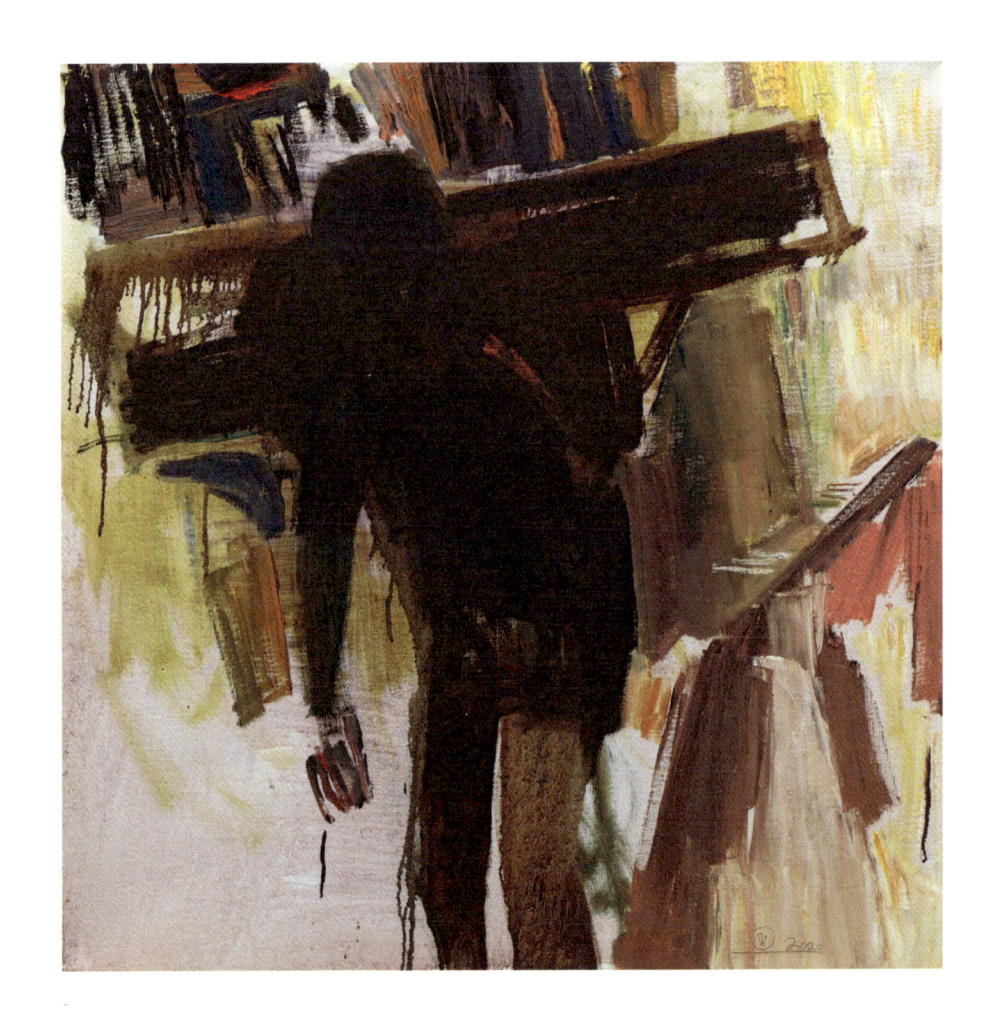

戴士和
赶路的人
布面油画
80cm×80cm
2020年

2

难民题材是近来欧美艺术的热门,属于重大题材。

艺术里的难民是形形色色的,《难民船》这件作品有点不一样。从头到尾没有哭哭咧咧,没有呼天抢地,甚至没有凄风阴雨愁云惨雾,没有可怜兮兮的常见调调。

想起梵高后期把调色板"清洗干净",用高调、用纯色表述这个世界,揭示了这世界生机顽强的一面,在他笔下,既是人人熟悉的悲惨世界,同时又充满想象,洋溢着敢闯敢干的青春激越的节奏。

当然不是说用暗淡的颜色就不好。

用"泥泞的颜色"甚至可以画出靓丽的美人。但是用硬朗的节奏、高亢的韵律述说苦难中的抗争恰恰是对陈规的挑战,给难民这个题目加了些刺激。

3

难民,遇难的人。宽一点算,难民的历史就没有断过。

北非的《难民船》被海浪击碎,大唐的茅屋为秋风所破。人祸天火始料不及,其实就没有断过。

蒋兆和先生笔下的流民们惊恐无奈,看他们的脸,他们的眼神,个个原本都是本分人——好样儿的、好先生、好把式、好媳妇、好学生,一朝沦为难民,原本的"好"大都归零,财产归零,礼数归零,所有人都要面对一个问题,一个生硬、粗糙的问题:存还是亡?

苦难逼得文明再生。

《格尔尼卡》在毕加索的画里出类拔萃，也是故乡的苦难化成了他的每一笔，才达到那样的高度。

4

难民，流落在外无家可归的人。《难民船》讲的是求做难民而不可得的故事，以难民为志向，以异乡为理想的故事，因此回想起来格外心痛。

发达国家的国民们天天在抗议自己国家的不公正、假民主。他们身在发达之中，面对发达的现实，只有欠发达国家的国民才有发达的乌托邦。

画油画毕竟不是制造原子弹，画西式的油画也不是"发达国家"的标配。

一代又一代美术留学的中国人都听到欧洲画家很诚恳地问："你们中国的画那么好，出来想学什么？"在他们看来，一味拜倒西方有点可怜，弄不好也是心灵上的流离失所。在他们看来，文化上你有家的呀。

当然我们可以争辩说有家也旅游，也出外转转开阔视野，甚至说越发达越该虚心学，也对的。但是，那不是出海去寻祖追宗的意思。

反过来看洋人，比方说洋人来学书法，学写毛笔字的也不少，写得好看的也不少，但怎么好看也像是画出来的，描出来的，压根儿不是咱们说"写"出来的那种好看，好在人家学学也就是学学，玩玩也就是玩玩，究竟有没有意思人家心里有数，不眼巴巴指望王羲之认可。所以中国人喜欢油画也来弄一弄就好，自己尽兴才是标准，不能指着旁人认可才放心。归根结底自己身上没有那么多毛，怎么装也装不出别人的正宗味道来。

中国人现在还穷，但不是无家可归，始终不是。

穷就穷吧。专业有门槛，但也无须过高；操作有讲究，但也不用太娇气。

5

以前老先生讲过，在央美20世纪50年代初的油画教室里（别忘了那是央美鼎盛时候，是U字楼的教室呀），使用的是什么白颜料？直接用立德粉加调色油拌成一团，放在教室里"公用"，谁需要，就去铲一坨到自己调色板上用。

不好买嘛，就动手做。条件这东西没有止境，想动手怎么也动起来了，拦不住的。作品好坏归根结底看本事，比的不是工具、材料的金贵。退一步讲，大不了一张白纸一支铅笔总还买得起，总还玩得起，一笔下去画成垃圾很平庸也是它，画得有意思大家都乐了，画成千古绝唱也还是它。一张纸一支笔，全凭画得怎么样，动手的门槛不一定很高。毕加索刚到巴黎，穷小子哪有什么画室，挤在一间小黑屋里，日夜都点个黄灯泡照明。他画什么？蓝色时期。天啊，油画啊！讲不讲顶光？日光灯也不够标准的，要不要退开几米距离观照整体呢？

什么状态出什么画，设想如果真给谁装修一座顶光天窗大画室，安逸舒适，也许拿人家蓝色时期的画，连临摹也临摹不出来了呢。

2020年4月8日

戈雅的洞察力

肖像是油画的常规题材，能画的人很多，在博物馆里肖像画少说也占了一半吧。

肖像这种题材可以说很窄，不过画个人脸，连带上一部分身子而已，但是画起来天地却很宽，可以施展才华的空间很宽，艺术发挥的余地很宽。

1

西班牙的戈雅把肖像画绝了，真是高手里的高手，艺术家里的天才。

我们看他画的肖像画的时候，瞬间仿佛是直接面对那个人物本身，那么直接，那么单纯，那么赤裸裸地彼此直视内心。

那一瞬间我们会忘记了"塑造的法则"，忘记了"观察方法"，忘记了解剖、透视，忘记了"艺术处理"的专业技能，眼前所见只有那个有意思的人物。不是说戈雅"不懂"艺术规则,而是说他越过那些规则太多了,越出几重山,越出几重天去了。他所思所念所在意的,已经不在这里计较得失。

看得出,他对笔下每个角色都有兴趣,有好奇心。能把人画得活,就因为看得透。把人看透要有阅历,要有勇气,更要有天赋。戈雅看人是有天才的洞察力的。凭着好奇心,也凭着洞察力,在画面创造出一个个独特的角色。作为查理四世的首席宫廷画家,戈雅有很多机会可以画得俗一些,把有身份的人物画得更气派一些,把摆架子的人物画得更隆重一些,或者把有身份而且有头衔的人物画得更高深一些之类。可惜,戈雅放不下幽默,总是平等地直视他们,从心底里平视,并不故意使用超小画幅来标榜自己不看重身份。戈雅是带着悲天悯人的谅解,画出角色的自命不凡,画出角色的装腔作势,可笑又可爱。他以对于人、对于人性的洞察,揭示了角色的矜持和空洞,愚蠢粗俗而并不自知的傻样子。他画的国王一家人,逼真肖似,而所揭示出来的却是人性的可怜,令人人自省。他伟大的洞察力穿越数百年的时空隧道,活生生闪耀在我们面前。

2

戈雅非凡的洞察力,使他的画面获得了一种特别的整体感。他对角色把握的直觉凌驾于油画语言之上又融化于油画语言之中,这种直觉统领起整个画面来,无论前景还是后景,无论表情还是衣服,无论勋章还是绶带,全都是一统天下,全都统一于那个可笑可怜又不自知的角色。整个画面没有一处走神,没有一处游离,没有哪里是"好静物",没有哪个局部是"真结构"。

3

想起咱们的关良。

关良先生画的也是大人物。那是武松,那是天子,那是名臣,那是齐天大圣,净是名垂青史的角色。

但是一个"戏出角色"的身份很巧妙,像是用了稀释剂,大家放松了神经,大角色也可以当作一个普通人来品评。而关良先生也真的品评出角色的多疑,他的不忍,他的贪心,他的迟疑和掩饰,等等。彪炳史册的风云人物又是卑微的个体生命,哪个不可怜?有趣在于:正因为画出了角色的可怜,这幅画才不可怜;正因为不掩饰角色俗的一面,这幅画才避免了俗气。

欧洲文艺复兴一路世俗化,高歌猛进几百年,把神明画成俗人,一步步雅俗颠倒,直到如今你说究竟是库尔贝俗,还是布格罗的优雅细腻俗。

据说中国不同,东方不同,有文人画传统,讲究品位,邪、甜、俗、赖总是大家看不起的,但是统计荣登"大雅之堂"的又有多少是假、冒、伪、劣。

4

画人物应该一味"渺小化"吗?画人物的出路就必须是"非英雄""去英雄""反英雄"吗?

那倒不是,没有那么简单。

自由的思考,永远不能有预设的结论。

一代又一代肖像画家,探索人性的奥秘,力求说出一点点前人还没有说出的话来,力求匡正时弊,但终归还是为了把人物看得更中肯,为了感受得更确切，而不是更偏颇、更邪门。

比方说对齐白石的评价。如果有人把他奉为神明定于一尊，把齐白石的笔墨讲成金科玉律的时候，我们自然都会感兴趣齐白石各种琐碎的生活轶事。但是，即便此时，在津津有味说他的趣闻的时候，我们仍然是满满的敬爱，并没有"去英雄化"地看不起他，并没有简单化地讥笑他"其实就是一农民""骨子里木匠而已"。相反，读到老先生说"网干酒罢，洗脚上床"的时候，更多地理解他的了不起，墨叶红花了不起，那种热辣辣的生机了不起。

戈雅画查理四世一家人，画王公大人，画玛哈的时候，都以超凡的洞察力，把握住角色的品性，一眼望穿毫不含糊，达到了语言的高度凝练。而这凝练又不是简单化、漫画化或者脸谱化，也不是一味非英雄化、小人物化、庸庸碌碌化、混混儿化。戈雅作画是自己沉思，也是与人对话。以他的眼光看，这世界很有意思，并不简单。

陈师曾讲：文人画要义不在笔墨语言，而在于作者有没有文人襟怀。当我们把神明请下神坛的时候，当我们说英雄也要吃饭睡觉的时候，当我们甚至说"人与兽同源"，说人与大猩猩的基因密码相同部分超过百分之九十以上的时候，其实没有忘记，正是这样的人类当中有一些是很了不起的，他们舍身求法，他们为民请命，他们创造了涡轮，他们创造了禅宗，创造了会飞的机器。虽然说，是的，跟你我一样，他们也会饿，也会累，也要睡觉。

2020年2月18日

大雪时节

月初，苏高礼老师去世了。油画圈里他的学生很多很多，我有幸也是其中之一。今天，北京雪花飘了整整一天，正是大雪时节。

1

1979年秋天苏高礼老师教我素描人体，连续上了两个多月的课，课程主要是长期作业，穿插速写。

在教室里，他摆出米开朗琪罗作品的印刷品，还特地从陈列馆借出吴作人先生的素描人体的原作，装在镜框里做范画。他喜欢讲"研究"这个词，画素描就是一种研究，研究形，研究形的表现力。画习作的过程是一个研究的过程，是一个动心、动脑的过程，而不是为了画出一张漂亮的画面。按这个思路，他特别推崇米开朗琪罗的几件素描，研究的意味很浓，在一幅画之内既画了全身，又画了几个局部，左面画这个关节的外形，右面画同一个关节的结构。苏老师强调，研究既是理解也是感受，统一起来，才能在心里面弄清楚、弄通。把握了基本规律才能逐步概括、提炼，以达到简洁。

受到老师的启发，迷上了米开朗琪罗这些素描人体，迷上了"研究"这个概念。甚至，在这种素描的画面构成上，也领略到了别致的美感。为什么头顶上面画了膝盖？为什么胸廓旁边画了耳朵？是不是有点超现实主义？

那不是平常的透视构图，也不是标新立异的花样，而是米开朗琪罗的"研究"。画面是他研究的记录，是他思维的记录，是他意识的流动。他的构图不是凌乱，相反，很充实，很耐人寻味，很"有东西"。

苏高礼老师上课总是自己也动手作画，同学画多大，他也画多大。这是美院的传统，前后给我们授课的老师个个如此。素描课，苏老师亲自去找来了整卷的牛皮纸，可以随画随裁，牛皮纸"空裱"在大画板上，平整的纸面十分敏感。他推荐棕色的炭精棒，炭精棒在纸面上行笔的感觉，像是拨动乐器上绷紧了的弦。

2

苏高礼老师的作品多数是写生。油画人像、油画风景、速写的人物等大多是现场写生。这些写生是不是创作？在我看来，都是货真价实的创作，都是纯粹的艺术作品，不掺水的。因为每幅都是有感而发，有情可依，笔笔有意味。苏老师油画写生朴素真挚充满生活情趣，同时，又端庄风趣，富于装饰意味。把写实与装饰统一起来，这是苏老师学画过程和创作过程当中一贯的课题。其中，写实的影响有俄罗斯画家普拉斯托夫。苏老师喜欢他，是从留苏之前就开

苏高礼
小伙子抗生
纸板油画
1977年

始，喜欢他一生住在乡下，一生画身边的农民，喜欢他的阳光，喜欢他的健康与深刻，所以在读附中的时候就"从牙缝里省出钱买他的画册"，爱不释手，亲切地称之为普拉斯托夫"大叔"，觉得和他心心相通。而苏老师画面的装饰性来源也很多，既包括东正教的古老壁画，包括导师梅尔尼科夫，又包括敦煌、永乐宫的传统，尤其是故乡，晋中农村民间艺术的滋养，他在美院附中创作的《赶了一个好庙会》就是一个例证。

苏高礼老师对于写实，对于装饰的喜爱都像是心里埋下的种子，遇到机会，得到水分就伸展开来，支撑、充实了他的每幅写生作品，丰富、滋润了他对故乡的爱。于是，写生超越了素材搜集，不只是客观记录，还是情景交融、有声有色的好画。

3

苏高礼老师才华出众。

他与一般人不同，画那么多但失手的很少。他能真心地欣赏别人的长处，总是说谁画得太好，说谁讲得太好，总结得非常有条理。记得他拿出自己苏联同学的习作给我讲，那是在校尉胡同校园他自己的平房小院里。那房子很小，但是被他摆布得很舒适、很好看。房前屋后种满了瓜果牵牛，墙上挂着他画的儿子、女儿、妻子、岳父的肖像。他天性是喜欢规律、喜欢规则的，他喜欢在规则的前提下逐步求变化、求发展。说他与一般人不同是因为如果换了别人，很可能会埋怨那房子太小，愤愤不平很多年；说他与一般人不同，因为如果换了别人，很可能画不出么多身边平凡的人物、景色，因为别的引人入胜的题目总是很多。

他没有轻看生活，也就把生活过得很充实。教书授课是平凡的事，可以被看轻。小小的写生是普通的事，也可以被看轻。有人以为大的题目才是大作品，才值得投精力，但是他没有，他尽心去做。他把自己的爱与智慧投进去，谁看了都能感受到。

　　苏老师是幸福的，他把力所能及的事情一件一件办妥，条理分明。在单位里苏老师是纯粹的教员，没有权力，没有行政资源可倚仗。在单位里他也不属于横的，不属于那种耍脾气卖范儿的艺术家，更像一个普通人，他只凭自己教书、画画赢得敬重。势力的人轻看他，但我看这也正是他的福气所在。

　　苏老师年轻时候回乡度假，会和小伙伴们一起干农活儿，顺手也画了些速写肖像，每一幅都活灵活现。2005年央美油画系几个硕士生搭伴儿去了苏老师的老家，找到当初苏老师画过的人物，又画了他们三十余年后的样子，回来在央美展览，跟苏老师原来的速写摆在一起。

　　那年冬天很冷，不记得有没有下雪。

2019年12月16日

谁的苹果

1

学画，先画人物打基础。

有位画风景的朋友说，他正在用心画人物。我问他是不是想要改一改路子，是不是以后想要改画人物画？他说，看莫奈的人物画那么好，再想想莫兰迪什么的，最棒的"风景画家"，没有谁是人物画画不成才躲进风景的。

他说得不错，有志向。

虽然都说画画是好玩的事，自娱的事，是出于无足轻重的雅兴，但是，怎么叫好玩？志向不同，理解也不同。业余打乒乓球，练一手绝活儿就很开心，上旋下旋乐不可支。但是高手们就不一样了，练体质，增强体能，跑步游泳，扩大肺活量，全面打下过人的基础才有球台上的好成绩。说起来当然都只说是"玩球"。

油画里的人物画比较麻烦，比风景的门槛高些，容易被人挑毛病，相比之下风景就比较好说，大概像棵树就行，还非得像哪棵树吗？笑话。

这位朋友说得好，努把力闯过这一关去，把人物画这难题破解了，降伏了，驾驭了，占领了这个主阵地，能力过关，就不怵了。否则，心里总有个阴影作祟，画面上也藏不住。索性就不绕着走，硬碰硬闯过去，该学的学该临的临，一旦画过来，画通了，回过头来再看，画人跟画一棵树，跟画一只苹果，都差不多一个意思。

2

学生作业画苹果，当习作画。

艺术家也画苹果，当作品画。比方《逐出乐园》那青涩的绿苹果；比方静物里面土豪炫富餐桌上堆积如山的苹果；比方果园里枝头上多汁可口的苹果。苹果在大小博物馆里触目皆是，大家都喜欢画。

画画跟科学研究不一样。大科学家做大难题，小科学家做小难题，学生做习题。身份不同，摊上的题目本身就不同。

艺术则不然，同一个苹果谁都可以来画，谁画好了谁是大师，谁画得有意思谁是大师。就像写诗词，你写你的"才下眉头却上心头"，他写他的"恰似一江春水向东流"，大家都写一个"愁"字，谁也挡不住谁，有本事还可以再写。

库尔贝的苹果，画的篇幅也不小，一颗一颗，黑黝黝沉甸甸的，像是铅球一样压在白桌布上，每一颗都带着泥污，带着外伤，都比较粗糙，比较重，不是一般的清香喜人。跟库尔贝画的女人差不多，不优雅，令优雅者反感，想抽鞭子，因为亵渎了人家优雅者的心灵。

塞尚也画了些苹果，笨拙而执拗。有说他的贡献在于把物象都归纳成了

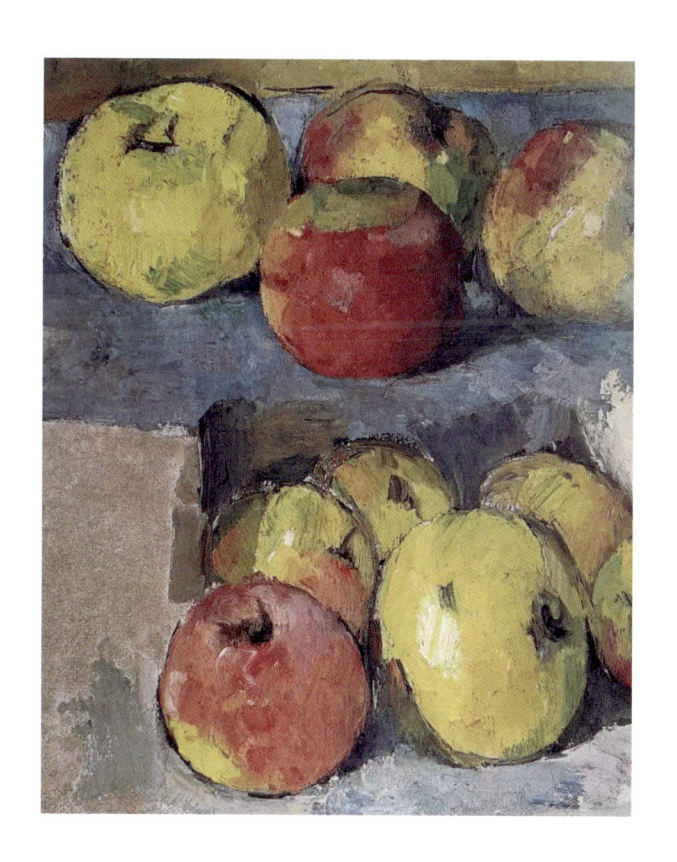

塞尚
《苹果》局部
布面油画
1899年

几何体，我还没看出来，但的确感受到了一种气度，一种不被驯服的气度，一意孤行固执己见的气度，把人物、风景、静物作品一以贯之的傲岸不群的气度。

听不进别人的意见，俗称为"不进盐酱"，这种偏执在某些时候也是光彩，甚至是朴素的一种堂堂男子的骨气，而非媚态，在他那些红绿错杂的苹果里就流露出来，折射出来。

谁的苹果是谁的寄托。

谁的苹果

戴士和
脱壳而出
布面油画
80cm×80cm
2020 年

3

  好学生不嫌课题太简单。相反，总觉得要有难度，要比较吃力的，不容易画好的，不全力以赴不成，哪怕是画个苹果。

  谁说苹果就是圆球形的？就是对称的？人脸对称吗？神秘的形状藏着生长的奥秘。

  谁说苹果是红的？四周的同学画出鲜艳的水果来，那么漂亮，那么打眼，那么出彩！赶上大师的风采了！但是，很可惜，我跟不上，我承认自己跟不上，在我眼里明明没有那么红。

从学习画画的第一步开始，从打基础开始，就要有勇气承认：我跟不上。对不起，他们看到的东西我没看到，我可以再看，但是确实没看到。

在我眼里，苹果并不就是球形，并不就是红的，并不尽然。

学画，先学观察，据说观察方法有九八七十二种科学方法，其中最基本的，要中肯、要平实、不矫情、不从众，不受先入之见的蒙蔽。

4

库尔贝或者塞尚画苹果都很吃力，并非驾轻就熟，并非信手拈来轻松应付。有出息的学生也吃力，吃力才有东西画得出来，才可能有意思，才可能耐看，也是吃力才画得过瘾。

反过来说，能够"吃力地"画苹果，就像有人能够"吃力地"画一棵树，那是他的造化，也是他的本事，这本事通常都是画人物练出来的。如果轻轻松松潇潇洒洒画风景，就练不出来。从人物下手，从难、从严，把眼睛练出来，把手头练出来，眼要毒，手要准，行笔要慢，如锥画沙，不怕反复修正，大概不行，描圆了也不行。

画画出于雅兴，吃不得苦就算不上雅兴。不打通宵算不上好打牌。闽南朋友告诉我，"雅好"这词在闽南话里，"好"读 gāo，音"高"，意思也与普通话有些区别。普通话里业余玩玩什么就说雅好什么了，闽南话里必须玩得很好，玩得厉害才行。门槛高得多，不是随便参与参与，而要相当程度呢！

听他的话，我想梵高先生大概可以讲，一生坎坷，雅好绘事吧！

2019 年 9 月 10 日

梁先生的课

1

刘新从广西打电话来问我,知不知道梁运清先生?那是年初的时候。刘新告诉我,梁先生在桂林,安安静静自己生活,自己画点画,散散步,刚刚把手上的几百件作品捐赠给了美术馆。刘新说,美术馆名字叫作花桥,不大,但是公立的,而且历史不短,馆舍建筑本身还是前辈梁思成先生设计的作品。我们感叹说,梁运清先生数十年积累的油画作品、壁画稿、草图手稿能集中收藏起来,是大家的幸事!

2

梁先生教过我。

那是1979年我读研一的时候。在央美油画系的壁画研究室,都知道有两位老师是洋壁画的专家，一位是留苏学壁画的苏高礼先生，另一位留学德国学壁画的就是梁运清先生。梁先生的画比较特别，不甜。他的画不是"视觉的沙发椅，眼睛的席梦思"，他的手法和笔下创造出来的形象都不以温润精巧见长。通常夸奖谁能画，是一把好手，用画得"漂亮""流畅雅致"一类的形容词，这些形容词在梁先生这里用起来就不顺，因为他的长处是另外一种，他的画比较硬，想起北京有方言叫"干、艮、倔"。干，饼干的干，不湿不润，不兑水。艮，发音gěn，食物韧而不脆，不便咀嚼。倔，发音juè，言语直而态度硬。作为文风、画风，不是喜闻乐见的，但却是质朴诚实、言之有物且难能可贵的一种。梁先生画里的人物形象不随和，不讨喜，甚至可以说不灵活，不善迁就，不好随人的，每个人物都固执有各自的逻辑，都秉持各自的信念，不好通融更不好欺负。

讲方法，他的造型方法倚重线条塑造，直接抓结构、抓气质。他在课堂上强调造型的内在的、本质的把握。

他告诫我们不要迷恋表面光影的生动。他说"那些光影很偶然"。他在这里说的"偶然"是贬义的。记得他口音重，南方口音说"偶然"，发音有点吃力，在语调上恰好顿挫出一种诚恳。

梁先生眼睛很大，很亮。

由衷、诚恳的态度本身就有感染力。

绘画讲手艺，讲好手艺，但是并没有哪一种好手艺是通用的。技能随感受而不同。对技法，对手艺，也有品位的讲究，技能并不"中性"。在常常被人们佩服的那种熟练的、精巧灵活、行家里手的专业技能之外，还有另一重天地，比如梵高，比如一部分素人画，比如某些文人画，作者画些自己在意的东西，像是自己的札记。那里面没有炫技，只是对观者坦承自己的内心：您也许不习惯，也许不太喜欢，但是我眼见的仅仅如此，我看重的确实如此。而非相反：看官大人，我随您愿，您满意吗？您喜欢吗？我做到位了吗？或者我再写意一点？或者我再严谨一点？好的，还得细，我懂了。

恳切而非谄媚，画笔之下就有一种风采。

记得艾中信先生曾经赞赏李瑞年的油画《沙坪新村》等作品，说他"苦以至涩"的风采曲高和寡，难入流俗之眼。

3

梁运清先生给我们上的那段课程叫作"材料课"，接触些欧洲壁画的材料，干酪素、湿壁画及马赛克镶嵌等。

梁先生示范，弄些盆盆罐罐在教室地下摆开，我们好奇地看他亲自动手，挽起袖子搅拌胶水和颜料粉。那动作做派实在是很"工匠"，抄起家伙就招呼，不怕脏不嫌重，大大方方像一个干活儿的，像一个工业文明出来的新型文化人，而不像弱不禁风的酸秀才，一味的敏感脆弱，见到干活儿就躲闪，就蹑手蹑脚。

当时梁先生四十多岁，身材不高但很健壮敦实。他温和热情，干劲十足，笑起来时脸特别圆。看我画的人体作业，他说像哈尔斯的画。此后多年，我参观哪里的博物馆见到哈尔斯的东西一定多看几眼，因为梁先生说我的时候，我还不知道哈尔斯是什么样子。

4

20世纪60年代初，梁先生从德国留学回央美的油画系任教，在第三工作室，有董希文、许幸之等老前辈负责。梁先生在当时以苏派为主的大环境里与众不同，像一颗耀眼的新星。

　　说起德累斯顿造型艺术学院，梁先生总讲起自己的导师鲁玛教授的启发：作画不要浮光掠影，不能满足于表面的形似。要透过形，究其质。梁先生介绍鲁玛教授在法西斯时期离开德国去流亡，二战后回到朝气蓬勃的德累斯顿，在瓦砾废墟上重建艺术学院。回顾总结在德国的留学生活，梁先生特别强调自己"更深地领悟了艺术需要技巧，而它只是手段，艺术更需要的是真情的流露，境界的升华，这才是艺术的生命所在"。

　　油画以外，梁先生也是中国现代壁画运动的主将之一，1990年至1995年曾任央美壁画系主任、教授。

　　我常想起20世纪70年代末的课堂上，梁运清老师把德国艺术家的小画册带来看，告诉我们这位艺术家叫什么，主张什么，有的画册是骑马钉的，但是保存完好，每一本都是一个完整的人，都是一个神秘的个体。

2019年6月25日

小猴子的寓言

1

在巴黎的旧货店里见到两个小摆件，不过四五厘米高，是黄铜锻的吧。说不准那是个小猴子还是个小人儿，就那样坐着，双手托腮，脸上并没做五官，但若有所思，憨态可掬。

孤陋寡闻，不知这小东西的来路，但觉得好玩，恐怕不仅仅是个小装饰，不仅仅是个随意的"速写"，未必是"生动潦草"而已。

今春三月到浙江，在青田石之乡的博物馆里，巧遇传统题材的小石雕"三勿猴"。青田的小石猴也是几厘米高度，坐着，伸手到脸上，做掩面状。

暮然想起巴黎的铜猴，好像啊！

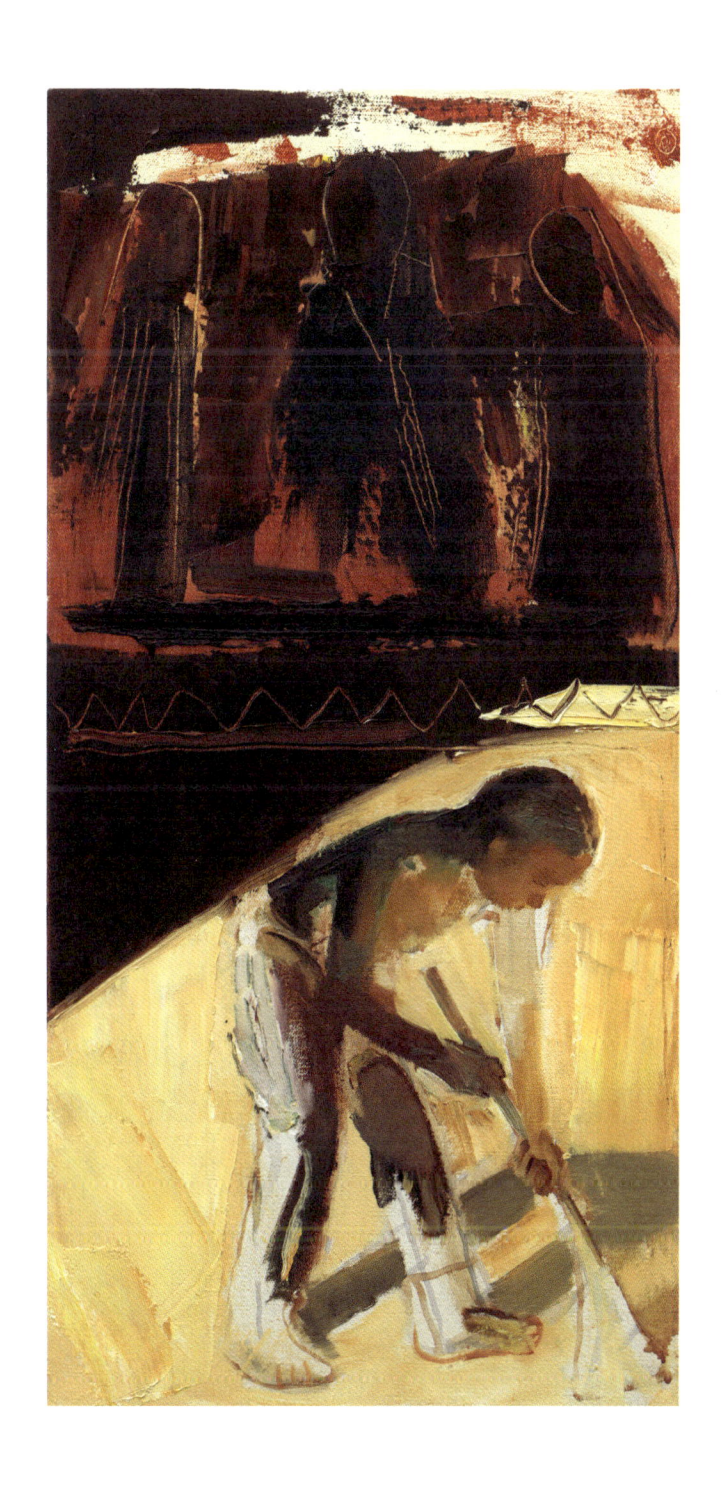

戴士和
勤动手
布面油画
80cm×40cm
2019年

小猴子的寓言

2

何谓"三勿"？非礼则勿，勿言，勿视，勿听。

切勿非礼，正人君子谁不懂得。孔夫子名言。人嘛，文明嘛，有别于禽兽嘛。

怎么会想到猴子身上去了？

真是想得好。让猴子学文明，守规矩。猴子很尴尬。一面听话，捂起眼睛来；一面犯错误，忍不住偷看；一面捂上耳朵不听；一面犯错误，忍不住偷听……小猴子的无奈、无辜，知道错了又难改正，它的尴尬很可爱。

这题材是谁想的？天才。

作者不详。有说是民间艺人，说是明清之际就有三勿猴的小石雕了。也有说是进口的，从日本传过来的。

无论如何，猴是后来才附会上去的，三勿还是孔夫子原创，这个先后顺序大体没错。

3

2019年，新文化运动兴起一百余年了。百年间新文化摧枯拉朽排山倒海，驾着坚船利炮，德先生赛先生君临神州大地。德先生赛先生都说"人兽同源"，都说"天赋人权"，于是乎，哪有三勿之理。旧礼教讲情色之念悖乎礼仪，赛先生却说健康的肌体何罪之有，情色之好是人皆有之，人之常情，无须大惊小怪，也根本算不上个人隐私。舆论是非三十年河东三十年河西。如今有谁敢说自己不怎么好色，倒要鼓起勇气呢，得面对鄙夷——"你装什么装？"

三勿小猴的作者生得早，是生在"旧社会"的，没见识过德先生赛先生的威风八面。作者还是在旧文化里面，承认三勿之戒是对的，同时又在"反思"，"窃以为"做到也难，弄不好也掺假，未必都是货真价实。当然掺假也未必就是十恶不赦，比方，小猴子。对旧礼教，作者没有"控诉"，没有"声讨"，但是有反思，有智慧，有悲悯之心，有幽默。今天看小猴子也有意思，比常见的动物小雕塑、比那些装饰的速写作品更有意思，耐看。好看之中还包含着可爱、可怜诸多意味。

4

孔子讲三勿，是谆谆教诲。三勿小猴子，就是"寓言"了。

寓言也算文体之一种，比童话故事更简洁凝练，读者对象宽泛，比方愚公移山的寓言，就不仅供孩子读。三勿小猴子是石头雕刻出来的寓言，是形象的寓言，耐人寻味之处在小猴的动作上，在无辜的眼神，在它"要做又做不到"的无奈。

寓言有寓言的文体，有它的语法、修辞的讲究。小猴子怎么雕刻才"到位"？造型的能力、造型的表现力。在不同文体里就有不同的课题，并非一味写实便好。

5

瓦连京·谢洛夫画过一组著名的动物画，恰恰是为克雷洛夫"寓言"而作，他的名画欧罗芭骑牛过海，那神牛的体形、动作的概括，跃出水面的鲸的舞蹈，都是大才的归纳和想象，是欧洲写实语言在"寓言体"的升华。

小猴子的寓言

戴士和
白石先生
布面油画
200cm×80cm
2019 年

迪士尼的动物造型甜美概括，拟人象形活灵活现，虽作为"寓言"还欠老到，但人家也不是寓言。

"偷活草间"的蛐蛐，是齐白石的寓言。

"他日相呼"的鸡雏，是齐白石的寓言。

长发飘飘的虾翁又何尝不是齐白石的寓言。

画的是物，同时也是人。

画的是"这一个"，同时也是泛指同类人。

画的是动作，同时更是状态。

画的是事件，是行为，同时更是一重道理。如果说齐白石的虾画得"生动"，就说得还不够。"不够"是什么意思？就是说"生动"——仅仅是长处之一，不是全部，更不是关键。这是寓言，它们是虾，分明又是翁，是飘飘智叟，既在水中，又在世外。

虾翁的眼睛眯着，似看非看，无视？勿视？

虾翁自以为是。

齐白石厉害。

6

我现在知道了，三勿小猴是广受欢迎的题材，由此演绎出来的不仅有雕塑，还有绘画，甚至动漫、玩具公仔等，可见人们喜爱的程度。巴黎的小铜猴们或许真是第某代血亲，庶出的一支吧。

2019 年 4 月 21 日

毛茸茸的春色

1

油画讲究色彩。

色彩好,怎么形容?

说"响亮""浓郁"。

说"中肯"。

说"像醇酒一样醉人"。

色彩不够好,怎么形容?说这颜色"脏",这颜色"太现成"。说"寡淡""乏味"。说"水""太薄""太生""太嫩""空""泛""油腻""生冷"。说颜色"一惊一乍",说颜色"老套",说"神经衰弱",说"这颜色一看就是牙疼的时候画的",说"这颜色里加的佐料太多了,全是味精酱油"。

诱人的、迷人的、醉人的色彩!

戴士和
仿扫地式
布面油画
80cm×80cm
2019 年

毛茸茸的春色

2

怎么学？怎么练？怎么提高色彩能力？

周令钊先生面对我们十几岁的小孩子的问题笑了。那是在景山少年宫的绘画组，当时他四十出头，正是当红的大艺术家、设计大师。

周先生说，画你的感受，突出你的感受。周先生有很好听的湖南平江口音，他微笑着鼓励我们，"你如果觉得太阳照的那棵树是红红儿的，你就要把它画得红红儿的"。

他是江湖闯荡出来的，比"学院派"的底子宽，营养丰富，不光有西洋的东西，而且对民族民间杂七杂八的都学，都吸收，古为今用，生龙活虎不拘一格，与张光宇、万籁鸣、特伟那一拨大师一道呼风唤雨，是开创出古国新生大格局中无可替代的一路。

周先生是动手派，不尚空谈。他在少年宫当场画了水粉头像速写，那么具体可信，那么有趣生动。我们看傻了，同时也对于"感受"多了一点理解：感受必须有分寸，并不是任性，并不是夸大其词。"红红儿的"是一个火候，要拿捏得当，才是"中肯"，才是一句可信的话。

3

我被写实色彩打动的时候，并没有意识到色彩。

记得是在王文彬先生家，王先生的太太告诉我们，如果学国画就必须练篆字，她说王先生有事出去了，就拿出王先生刚刚写生的油画风景来。

20世纪70年代，北京三里河，路旁是白杨树。阳历4月份。棕色的大穗子脱落以后，新萌生的小嫩芽辨认不出来绿色。还是浅灰色的，湿润的毛茸茸的春天，在懒懒的初醒的日光里毛茸茸地蠕动着。

王先生的油画风景是不过巴掌大小的油画写生。

我的心一下子就被融化了。画面那么小，只是摆了几块色彩，但是色彩就已经拨动心弦。

那是感受，是对于春色的感受，是敏感的心，是中肯的表达。

这幅画是王先生的新作，我们出了他家门就见实景，心里更是恍然大悟。过后不出三两天时间，那白杨树就绿了。一旦绿树红花，春天就来了。

毛茸茸的浅灰色的春天稍纵即逝，很宝贵，很难得。如果说写实，这才是那个宝贵的"实"；如果说写意，这才是那个值得写出来的"意"。

绿的，就差些，因为谁都看见了。

总说是表达感受，也并不是任何感受都值得表达；说是要有个性，也不是任何个性都值得一说。比方说春天的颜色，如果说您感觉是绿的，这感觉有意思吗？不是陈词滥调了吗？如果您为了个性强，再把这绿色"推向极致"，直接挤了粉绿颜料不调就涂上去，怎么样？是不是把无聊进一步放大了？强调成了大无聊。如果您说，我崇尚自由，看见什么我偏不画什么，我躲着绿色不画，我"反着画"，行不行？行，当然行，不犯法也没人抓。但是有意思吗？不就是"斗气儿"吗？不就是"横""任性"吗？撒娇惯出来的坏脾气，没什么看头儿。

比较有意思的感受，出自雅兴，值得精心捕捉住的感受，是精致的，有生命的，脆弱的，难以名状的，如泣如诉，如怨如慕。像春天的还没有绿起来的毛茸茸的灰色一样，"揪心"又动人。

欧洲人说画面上的好颜色，需要耐心"培养"出来。

"培养"这个词，很像齐白石说"行笔得慢"，那意思有点差不多，都得把心安下去。颜色也像笔墨，慢慢培养，做进去，东西才出得来。

4

马蒂斯算是"野兽派",但不野,我看他的画很文气。有股清高劲儿,自命不凡,有自得其乐的派头。他的颜色确实好看,那种陶醉,不是让人昏头昏脑发疯式的陶醉,而是振奋、清新、悠然或者冷隽的陶醉。

如果说好的颜色就像是仙果,吃下去就被施以魔法,现出原形,那么,马蒂斯的仙果就显出一种特别的原形,特别的自信,又多情又挑剔,又投入又超然,在他的色彩交响中,作者与观者携手共舞。仙果,是果,但不是平常的果。它养人,也刺人,它刺中人要害的伤痛,它也是体贴入微的抚慰。他的几块土黄的颜色又明亮又苦涩,仿佛是微弱的金光,又明明描述着泥泞。他的土红像性欲,妖冶而直接,衬着粉红桃红的撩拨,更自负、孤傲。但是他的目空一切又总是克制的、内敛的,自说自话。

这是另一种好看,与写实色彩不同的美感。

比方,跟中国古文不一样,现代白话文接地气,絮絮叨叨的贴近口语,是写实的语言,有亲切的美感,但是古文也没有被打倒,其语势之挺拔凝练,自有它的美感。

跟写实色彩不一样,马蒂斯的色彩天地是大块文章鬼使神差,心态既朴素又不拘泥,视觉敦实而且俊朗。

色彩的好看有好多种,各不相同。连写实色彩里面也分条件色、固有色不同的追求呢。

2019 年 2 月 24 日

他画的鱼挺肥

1

  李铁夫先生的画展在北京画院开幕了。肖珊珊把这消息告诉我,她在广州美院料理胡一川先生的遗作纪念物,这回是专程为李铁夫画展来北京。听她说,李铁夫的画送出广东省展览,这是作品最多的一次了,很值得看。

  李铁夫的名气太大,总是被供在中国油画先驱的第一排交椅上,他的《画家冯钢百像》更是大名鼎鼎,不断地、反复地被翻印在油画史册里,以至于我们小时候马马虎虎的记忆交错,误以为他李铁夫长得就是那样子了。展厅里不仅有这一幅原作,还有胡一川先生亲自临摹的一幅,都好看。这幅画面侧光用得好,侧光把冯钢百脸上的起伏凹凸勾勒得清清楚楚,既是画意十足,又是结构分明,陷在阴影里的眼窝,闪射出自信的光,很专注的目光。

  侧光的描写,结构的刻画,都是"洋油画"的语言。而人物的神色态度又是典型华人,而且是华人当中特别肯干,特别能吃苦,绝不服输,也很能动脑子的那种人。

我第一次见到的《刘素薇肖像》是李铁夫于1942年画的。画幅高102厘米，宽77厘米，构图丰满，舒舒展展。东方美女，不尚浮华，不做作、不矫情，但是有模有样，端得起放得下，落落大方。

两幅肖像，一男一女，既是那么"具体"的两个普通人，又不止如此，远远不只是80年前的不曾相识的故人。在他们的举止里，我看到我的亲切的同学们、亲人们、朋友们的音容笑貌，仿佛穿越了百年时空一脉相承，那么美好，那么可贵，那么难忘。

2

油画也有运笔的讲究。

中国水墨画里面，所谓书法用笔啦，中锋用笔啦，疾徐软硬不描不续啦，很多说道。油画何尝不是如此，好的用笔的确有些看头，可以欣赏。在《画家冯钢百像》里面读出苍劲坚韧，包含了用笔的感染力。在《刘素薇肖像》中读出朴素雍容，也有运笔的风采在里面。

很值得一看的是《鱼尾》。小静物，分量十足。李铁夫的静物是一绝，鱼是尤其精彩。估计他是爱好这一口的，一笔一画都画出了鱼的好吃，也画出了他自己的贪吃。他画的鱼总是很肥，很新鲜，肉墩墩的。皮上的花纹不是鱼鳞，而是刮掉鳞片以后露出来的鱼皮的纹理，倘若在油锅里过一下，那些纹理会格外好吃。这一段鱼身子滑溜溜的，握起来沉甸甸的压手。

他用的颜料不厚，看上去画得也还顺利，笔笔到位，实在是一把好手。他的画总是"见笔"。但是怎么归类，算哪种运笔，不好说。处处不同，幅幅不同，笔随心运，随他的眼睛，随他的欲望，比方说食欲。于是运笔的风采就

李铁夫
鱼尾
布面油画
63cm×67cm
1940年

不空了,就不是一套"假招式",不是傻呆呆的"笔笔中锋",不是中规中矩的"大斧劈""小斧劈"而已。

3

李铁夫生于何年?说法不一样。这次展览当中生平介绍文字是写"李铁夫,1869年生于广东省鹤山县雅瑶镇陈山村龙门里"。

而岭南画院编《李铁夫研究文集》(广西美术出版社,2017年8月)载《李铁夫先生年龄讨论》一文,其作者许以冠先生根据资料"推算,李铁夫出生于

1885年，他于1952年去世时68岁，与原来对他的年龄认定相差15岁"。

他的生年尚无定论。

他的生平记载也是一鳞半爪，藏头露尾，众说纷纭，莫衷一是。

比方学历，有说他曾于"1887年5月××日奥令顿画院全堂大考，李君得一等第一名"等，但是当真考查"奥令顿""阿灵顿"美术学校、学院、学会，均云里雾里无可稽考了。

疑云重重。热心的人也层出不穷。

史料陆续发现，相信李铁夫先生真实完整的轮廓会慢慢浮现。

在微信里我说："最后那些年李铁夫在香港生活比较潦倒？"

珊珊回答："很潦倒了。"

我说："住得像是破烂棚子，也没娶个媳妇？"

珊珊说："他是失恋了才发誓不娶的。"

我问："是谁伤了他的心？"珊珊说："专家知道是谁，我回头帮你问问。"

4

可以确定的是，李铁夫先生是好画家，而且不是个一般的画家。

他说起话来口气很大。他说自己平生两个嗜好：一好革命，二好绘画。作为孙中山朋友，作为民国元老，为革命募捐，劝说清兵舰起义，画老虎，画老鹰，想办最厉害的东亚艺术学校，想画黄花岗七十二烈士群像，不论是穷是达总惦着兼济天下，暮年潦倒还是壮心不已。

这让我想起潘达微先生，也是民国的元勋了，也是画家，又不只是画家。广东很出了这样一种艺术家，连后面的关良，直接参加北伐军打了裹腿上前线，连后面的古元、罗工柳、胡一川，个个好汉子，铁肩担道义，妙手作画图。也是时势所造吧，这种人不觉得那两个"嗜好"之间很冲突。相反，他们觉得二者合起来才是完整的自己。

所以，活得磊落，画得尽兴。

2018 年 12 月 25 日

八竿子打不着

入秋时节,十几个油画家相约来到兰溪写生,我参加了。后来又看报道说,差不多同时,一些经济学家聚到兰溪研讨经济,也在这座小小的县城。

1

这次油画写生活动取名"兰溪十载"。

十载是从 2008 年算的,当初也是这么十几位油画家,来画诸葛小村。村中有个大水塘莫测其深,围着水塘有些旧宅院,破旧,但还不脏。白天大家分散开去画画,晚餐聚在一起看画,喝一点农家酿的果酒,甜而且度数不低。灯下看着细窗棂,木楼梯,露水从叶尖滴下来。汶川闹地震,大家围着桌子折了些纸鹤,很用心的。那次写生的汇报展览叫作《兰溪春暮》。

2

一个地方要住得久些,知道它的故事也才逐渐多起来。比方在天水的穷山村里找到杜甫避乱写作、生活的地方;在黄河岸边的矿场路过著名的石壕村口。平凡的景色恍惚间时空穿越,把悬浮天地间的八竿子打不着的零星碎片们联系起来。总喜欢注意自己跟别人的区别,总喜欢讲天才的个性与众不同,是人间奇迹,殊不知,人间奇迹在哪里?与其说在于个性与众不同,不如说奇迹在于沟通,在于联结,在于神奇的共鸣。比方人世间许多素昧平生的人,远隔千山万水,甚至人种不同,时代不同,语言不同,竟然会为了同一支歌,热泪盈眶、言语梗塞。

3

兰溪的旧屋构件中包含很多木雕,宋永进专门领我去看了著名的"振声堂·八面厅"。宅子大,前临凤溪,后靠纱帽尖山,宅子里面楼上楼下大大小小的木雕很精彩,可以算是"东阳木雕的集大成者"。永进的推荐很有分量,因为他父亲就是有眼力的好木匠。祖上宋濂,位列大明开国文臣之首,曾奉诏修元史,封太史公。永进本人又能写作又能画油画,尤其可贵的是志向高远,从不沾沾于小成小得而自喜,与时下汲汲于大展的入选获奖,以一时名利为实惠者不同。

兰溪曾经出了个贯休,五代名僧,画十六罗汉名传天下。写诗,收入全唐诗的就有数百首。在兰溪有"贯休祖庭",这四字的横匾,还赫然高悬在门上,只是房子旧了。房子旧,但还看得出里面有讲究。这是中国的特点,跟很多第三世界国家不同，穷是穷，但不是乱七八糟的贫民窟。到非洲见识一下贫民窟，那些用包装箱拼凑起来的房子，那些新建起来就已经歪歪斜斜的砖房，既不用心，也没有技术的传承，糊弄的房子。

20世纪80年代国内有过一阵油画"乡土风"，连人带景都一味求土，又肥又软又邋遢，粗劣不堪。像不像中国呢？中国是个巨大的文明古国，跟野蛮部落什么的很不同，很久以来都是人类文明之最。今天反思，可以说它"吃人"，说它"停滞"，但它从来也不是粗劣的。

今年画的兰溪在金华展出了，有本地朋友看出了几分新意，说是游埠小镇那么熟悉的街道，过去眼里只见到它的残破败落，这回从画里看出它的生机——有故事，有生生不息的东西。

写生要画出新意来，眼睛就要首先能够看出新意。新意是看见的，不是看不见添上去的。新意不是技能的产物，不是花言巧语。

4

兰溪还出了个李渔，他推动沈心友几位，一起做了大名鼎鼎的《芥子园画谱》。这套画谱不仅有图，而且有文字；不仅有方法，而且有范例。我是从小就喜欢，而且相信，只要别给我规定成为死任务，翻翻临临还是很有趣的。后来知道齐白石20岁上遇见这套画谱，爱不释手，借回来，用半透明的纸蒙上摹写，一页一页保存下来作为教材。

批评的人说，虽然有齐白石从这套画谱得益的例子，但是更多初学者陷进去出不来了。批评的人说，临摹入手就不对，写生才是有出息的路。

齐白石有没有出息？

他一直活到60岁也没人承认他有出息，后来怎么就有出息了？靠写生？靠临摹？靠什么？人生百年，没有现成的路可以照抄，唯有努力。尽人事而听天命。别人说你有出息，说你没出息，说你路子对了错了，听一听，都无须当真。

我读经济学的朋友们讨论经济也很好听，他们说实事求是，说问题导向，说家国情怀。而自己的路究竟怎么走？外国人的批评怎么听？

经济和油画，两个领域之间是不是八竿子打不着？

2018年10月23日

梵高不觉得自己穷

艺术家的私生活往往不堪回首，但是梵高例外，他的故事越是深究就越让人多了一些敬重。

1

梵高在 37 岁盛年死于巴黎郊区的奥维尔小镇。

通常的说法是梵高神经已经不正常了，已经住医院治疗了，在奥维尔他朝自己胸部开枪，伤重两天后去世，三天后下葬。

新的说法证明梵高不是死于自杀。在奥维尔的田间，一群不知深浅的"熊孩子"，半大不小的"烂仔"吧，弄枪走火，伤到了疯子叔叔，吓坏了，就一哄而散。这里没有谁是故意，梵高没有故意地自杀，烂仔们也没有故意杀他。

但是梵高自认了自杀，自己把这事承担下来，自己"扛了"。那群烂仔被疯子叔叔给保了下来，不会被人追究责任了。这群小子当中也没听说有哪一个站出来说那叔叔不是自杀。我是凡人，难免心里疑问，梵高自认了自杀，保护的只是几位出息有限的烂仔，值得吗？

何况，"自杀"是恶名，自绝于人民。梵高自认了自杀的结果，教堂都不可以给他做临终的仪式，入葬的时候只有弟弟提奥等几位至亲到场。

梵高的墓至今还在奥维尔，在那一大片井井有条的墓园里，梵高的墓碑有两个突出的特点：第一是突出的简朴，没有文字，没有装饰，位置也在围墙边上，最"边缘化"的地方，周围不少别人的墓碑都有浮雕，有生平文字介绍等；第二是在墓园大门口特别设立牌子作介绍引导的，梵高是唯一的一位，可见来寻访凭吊梵高的人数之多。

七月的骄阳如火，麦子被晒得萎在地下，扭曲着，大片的玉米绿得那么生硬。

梵高在这里画了著名的《麦田群鸦》，登峰造极，一览众山小。生命的最后七十天，他画了八十张油画。

他的画和他的行为一样，既是平白朴素，同时也高深莫测。

2

玛利亚·西恩，生于1850年，比梵高年长三岁，做过缝纫女工、妓女。她与梵高同居一年多。那是在海牙，梵高刚刚开始放下别的工作，专心作画，靠弟弟提奥寄来的钱过日子。梵高那幅著名的裸体素描，画的就是西恩，侧面坐着，双臂抱膝，头埋在臂弯里，隐约可以看出身孕，大辫子和一缕卷曲的头发垂在身体上。当时是1881年，梵高28岁。西恩30岁出头，带着一个孩子，怀着一个孩子。

梵高已经不年轻啦，还一事无成呢，怎么跟妓女搞到一起？怎么还当起真来了？梵高妈妈劝说无效，祈祷上帝让他们快快分手吧！为此，梵高跟家里闹僵了，提奥的钱是不是还能寄过来也不确定。

同居最终维持了一年多。1882年两人分手的原因是什么？是梵高迫于家里的压力吗？他一年多之后怎么就挺不下去了？可以讲得通的原因是梵高与西恩两人之间的感情有差距。梵高天赋超乎寻常地能够吞噬一切困苦的巨大的热情，而西恩却没有这一份热情。西恩不坏，但是她要过日子，要抱怨不够开销，而且要抱怨梵高在不够开销的情况下还花钱买那些没用的颜料，画那些没用的油画。有人说她是又笨又懒又放荡，她自己说："我太虚弱，好几天都没有奶了。"如果说这些抱怨还可以忍受，梵高无法忍受的是西恩断断续续又跟别人联系，又见面了，又上街了。西恩说："不够开销啊。"西恩在与梵高同居之前已经失去过两个孩子，梵高离开她以后，她比梵高多活了十几年，在1904年跳河身亡。她跟梵高志不同道不合，梵高是一意孤行的人，也只好放弃了她，自己去一意孤行了。

没见过西恩的脸什么样子？不知梵高看上她哪一点，以至于拿自己宝贵的生命要与她结合。从那幅著名的裸体素描来看，确实不像三十出头的恶妇，倒像是可怜的少女，单薄清纯，无助而且动人。画上的西恩是梵高眼里的西恩。

梵高眼里所见的一切，跟我们所知的不同，而且梵高相信他所见的，相信那就是最重要的。

梵高
悲伤
纸本素描
1882年

3

"梵高不是个穷人。"讲解员特别加重了语气,希望听众注意她这个提示。在奥维尔,梵高临终前居住的小旅馆里,保存了他住过的那间7平方米小屋的原貌。这间屋可以说是简陋。它的租金是连吃带住,一天3.5法郎,提奥给他每月寄的生活费是200法郎,想改善生活他也不是没能力。

他不是穷人,但是他不像富人那样花钱。

看看文艺复兴以后的画，画什么？画发财，画有钱有势，画丰衣美食，画颐指气使，画挥金如土，博物馆里的画大都是这些，炫富，自己厨房里堆的死鸡死鹅，餐桌上金器银器，卧室里女的多，走出去派头大。

博物馆里的画，多写实，多神气。

梵高在纽南小镇的芳邻们，大都不看好梵高，觉得他画得不大好。可爱的小小博物馆搜集了当年芳邻们的许多议论，许多不解。

——文森特先生的屋子里乱糟糟地堆着东西，没地方下脚呢。

——他不像个好画家，我见过他一面画，一面掏出酒瓶抿上几口呢！

——他跟谁谁在来往，谁谁看见谁谁从他屋里出来，脸红的。

——没听说有人买他的画。年轻轻的，干什么不好？

一位老人劝过梵高，天气冷下来了，自己给自己留件厚衣服吧，不能全送给穷人了，你自己穿什么？老人记得梵高反问："基督不就是这样做的吗？"老人奇怪了："你是基督吗？"

人们不看好梵高。

但梵高总想帮别人，总觉得自己能温暖别人，能照亮别人。他不觉得自己穷。

2018 年 8 月 22 日

沪上行

受鸿一美术馆郦韩英馆长之邀，画一画上海，特别是过去的上海。王琨、闫平、段正渠等几位老朋友都有兴趣，也都愿意安排各自日程，相约在2018年夏天拿出作品来。

我是5月份来到上海，同行有福建的张立平、吉林的任传文、北京的李江峰等，都是外地人，不懂上海，但是好奇，想打听的东西很多，愿意请教，所以特别庆幸有阿忠老师、长江老师、良海老师，尤其是郦馆长，给我们说古论今，现场点拨，短短十几天很开了些眼界。

上海这本大书，对我来说掀开了小小一角，透出些诱人的气息。

1

上海的名人多，大街小巷都留有他们的身影。

我们画些房子，其实心里也想着活在房子里的人，那些人是难忘的，房子街巷也才有了看头，越看越有意思。去年秋天我见了一幅丰子恺先生的头像照片，与通常见惯的丰子恺先生那种宽厚慈祥的笑容不同，更有一种锋利、敏锐、不妥协的精神从他的眼光里投射出来。

人是多侧面的，不同的侧面有不同的光彩，不同侧面之间互相辉映，融合而成为一个神奇的整体。当我在那件历史照片里读到丰子恺先生眼神里的锋利的时候，我立刻感到了这眼神的魅力。这锋利给予他的笑容以强大的支撑、明确的限定和注脚。他宽厚，但绝不是老好人，绝不是一般混社会的油子。他有锋芒、有原则、有底线，虽然他是宽厚的，与人为善的，他的笑容让我们那样熟悉！

这次来上海，发现大街小巷处处可以见到丰子恺的画，是被政府用来做公益招贴的。他笔下的人物单纯善良，无论是劳动还是行礼，是读书还是游戏，无论做什么，都显出一种专注的单纯，所以可爱。可爱，往往并不是因为聪明、能干，而是因为纯正。

在一条小街的白墙壁上，见到一幅正在制作的大壁画，一笔一画都在追随丰子恺先生的风度。作者在场，是两位刚刚毕业的学生，绘制得聚精会神，有模有样。

也许可以说，丰子恺如今早已家喻户晓了，但是，却不敢说深入人心。在陕西南路39弄丰子恺旧居改建的纪念馆门口，我们领教了什么叫作咫尺天涯……可以想见，当初丰子恺先生在世的时候，身在上海熙熙攘攘红男绿女之间，耳畔每天有芳邻市井的喧嚣，先生共生其间而不被淹没，要何等的智慧，何等的坚强。

2

张乐平先生画"三毛"连环画的时候,还在嘉兴老家,跟农村的父母住在一起,两层的小土房。年轻的张乐平不过25岁,一举成名。这次我们到他在上海的纪念馆,看到他彩墨写生的风景,那些水乡的民舍,他笔下的人物又平凡亲切,又有味道。他可不是单耍几笔漫画挖苦挖苦谁。他是天才,无论看人看东西都充满爱心,悲悯之心。他厉害。他不以上等人自居,他说那个小三毛就是他自己。相信他后来身居上海当了大名人以后,仍旧怀念家乡旧居,那才是三毛诞生的摇篮。

三毛在玩具店门前,见到布娃娃标价十元、二十元不等,就给自己挂牌出售"我卖一元。"但是红男绿女们对三毛视而不见,三毛很失落,很不解,很不平。

张乐平先生想得好,画得好,这情节绝对是"凭空捏造"出来的,但是谁不为之动容?有的大牌艺术家讥笑漫画,说不过是"市民文化",大家却喜欢张乐平先生,正如大家喜欢市民文化出身的卓别林,他们的作品征服了社会,也征服了时代。

我想象张乐平当初在嘉兴老家住着,在灯下与自己亲爱的三毛对话,温暖的灯光,木板壁间有跳动的活跃的影子,亲爱的三毛,亲爱的老酒,长夜难眠,清贫但幸福。

3

丰子恺故居如今已经沦落成穷街陋巷了,三层楼房分住了不少农民工,我们去时只见天井里一位中年妇人在忙着剁菜，男人过来迎我们说，这房子可以租住，但是不可以改造，因为是文物。"喏——"他指门口的院墙上嵌着的一块水泥标牌，又劝我们不必进去了，不必上楼看，"什么也没有的"。

我努力想辨认出一些当初的痕迹，但是太难了，当初应该是"豪门"，是"大佬"啊？

由此记起去年去西湖边的栖霞岭看黄宾虹故居。与这里不同，黄先生的故居受到重视了，被保护了，但是更加想不到的是，原来真实简陋的蜗居小楼被夷平了，被改建成舒朗的小院，连邻居的房子也被拆掉，地皮被并入黄居，重新设计建造起一所小洋楼，体体面面掩映在林木花丛里。

原本的旧居是很感人的，小小天井不过一平方米，围着天井三面都是低矮的二层小房子，书房在进门的右手，小且挤，塞得严严实实。那蜗居很"象征"，是黄先生处境和状态的象征，有种充实，有种自在，所以很感人，很耐看。

真实的东西，信息量大，有看头。

黄先生性格据记载是开朗、好客、高谈阔论、滔滔不绝，而他的精神生活又是很完整的，自成一体，严整而坚实。

周围的红男绿女们，世风不断转变着方向，一时看不起黄先生，一时又高度评价了，都"离得很远"。黄先生只是开朗，只是完整，只是关注自己心里的目标。

可惜，黄先生的旧居因过度保护被夷平了，另外做了一个完完全全的假东西。这栋假的文物没有看头了，虽然施工也许规规矩矩，也许符合工程标准，达到了审美规范，具备了形式美感，但是假。红男绿女们可以抱着孩子来参观，来雕像前合影留念，然而，可惜，真的旧居没有了。

4

  大家在上海还跑了另外几处画家旧居，时间有限，最终我自己只画了张乐平先生和他的三毛一幅画。

  各自分头作画，再把作品汇集起来看，这些画确是有其别致之处。

  都是高手。既有很强大的写生功力，又不囿于写生。

  画中景物的意味，既是源自观察，源自视觉的感受，也不局限于视觉。而是把市井里嘈杂的噪声，地面污水蒸汽的味道，窗口黏人的油污，那阵蛊惑的春风，这一汪浑浊的月色，等等，所有来自于眼睛以外，身体不同感官且触动了心灵的种种感受，都灌注到画笔里面，滋润起颜色的冷暖，把握住造型的味道，景物就不空泛，就活了。

  艺术里没有什么不关系心灵的纯视觉，作者总是"看到无奈""看到苦恼""看到沉重""看到绝望""看到希望""看到力量"，看到许多肉眼难于识别的东西，但又是清晰地显示在眼前，成为视像的内在的灵魂。

  面对着同一座城，各位作者各自敞开心灵与之对话，视角不同但都是由衷之言。画展是个小小的汇报，在鸿一美术馆，在郦馆长睿智亲切的笑声里，作者得以相互切磋，并有机会求教于沪上诸位大方之家。

  谢谢。

2018 年 7 月

戴士和
《澜沧江畔》局部
布面油画
2018 年

澜沧江畔

泼水节前后,正是西双版纳的天气由春入夏的转折点,一下子就热起来了。白天热浪滚滚,中午达到36℃。幸好晚间还可以降到15℃左右,温差不小,还是好日子。近年交通方便了,来景洪写生的画家越来越多。我是第一次到西双版纳,这么多年了没有到过这里,心里其实一直惦着。

1

澜沧江很长,下游就是湄公河了,江流浩浩荡荡,中国、泰国、缅甸、越南等几个国家都由她一以灌之。

澜沧江,澜沧两个字是傣语音译,千万头大象的意思。

大象走路的步伐特别可爱,在笨重和轻盈之间,两条大粗腿迈着柔和的步了,每个关节都松动、平衡,不僵硬不紧张,脚腕总像舞蹈似的灵活甩动着,驮着一个大身子却毫不吃力。记得曾经见过一头小象，站在树林边想心事，久久地摇着头，循着它自己的一个什么节奏在晃着身子，两条前腿也踩着这个点儿，交换重心的位置。那份自得，那份自在，真是可爱极了。像往常一样我随身带着速写本，但这次我没有动笔，只是看，看了好久，记在心里了，把这个动作。

动作，动态，有感染力，有表情。

面部的五官固然是有表情，但是全身的动作、动态比表情更重要。

大象的步伐好看，是动物里比较特别的一种。比方说与猫科动物的步伐或狼的步伐就完全不同。通常说，豹子奔跑、狼追击猎物时的步伐，是爆发力，是速度与激情，而大象的步伐就不是这么说了，就像太极拳的神韵很难用"田径项目的指标"来衡量，那不是风驰电掣，而是一种特别的从容、特别的优雅。

2

在这一带传播的佛教叫作南传佛教，与青藏、内蒙古一带传播的藏传佛教不同，与中原传播的大乘佛教也不同。这一带的寺院门口都提醒客人们，"小乘"是贬称请勿使用，称"南传"就好。从历史上讲，南传在前，大乘是后来分化生成的新派。南传谨守原教教义，谨奉释迦牟尼。而大乘则立志要兼收并蓄，旁征博引。

听说菩萨崇拜是大乘的特色。在西双版纳勐罕春满大佛寺门口见到一尊迦叶的塑像，让我十分惊喜，甚至听有人说，迦叶本人曾经到过此地。塑像看上去比等人高不很多，金光闪闪，步伐从容，眼光安详，容貌丰润，青春洋溢。他左手持一把雨伞，身背着化缘的钵盆，右手持木杖。迦叶的形象是行者。在敦煌及内地其他地方，见到迦叶的典型形象是沧桑的，是脸上布满皱纹的苦行

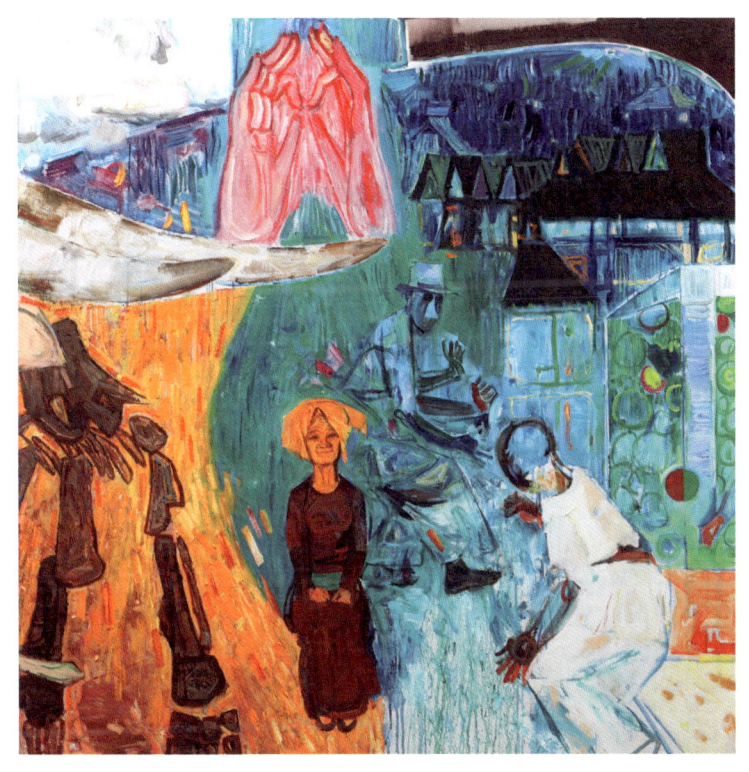

戴士和
《澜沧江畔》局部
布面油画
2018年

的中年形象。这里的行者迦叶，却是健步云游天下的、满怀希望的、自得的形象，是迈着自如的步伐，容光焕发的美少年。

大象的步伐里含着一种优越，一种因无敌而生的优越，所以跟通常的"猛兽"不可同日而语。大象不需要青面獠牙地吓唬谁。

勐罕春满大佛寺的迦叶塑像让我想起阿难，让我想起早期佛法传人们四处游方的往事。中原的南北朝前后，寺无定学、学无定寺，学派也多，有主见的学问僧人各领门徒四处行走，沐风栉雨，传播真理，修炼身心，他们的行为不是"行为艺术"，不是演给别人看的，而是自修自得的行为。

澜沧江畔　189

3

同行的年轻朋友们比我画得更多一些。他们早出晚归，总想画得再好一点，进步再快一点。白天见他们汗流浃背兴致勃勃地作画，晚上听他们讲心得，谈志向。一边喝茶，一边看身边萤火虫一闪一闪放着光，在叫不出名字的奇花异草间穿行，又听见壁虎在"说话"，一句一句在叙述、在感慨。奇妙的一切，就环绕我们身边，发着奇异的、诡异的、诱人的光。这诡异的光，把我们今人和古人连接在一起，把我们和大自然连接在一起，把个人与众生连接在一起。

听到争论"不是我画云南！而是我在云南作画而已"。

在美妙的奇异的大自然怀抱里，在感受的源源不断的冲击下，在丰厚的无穷无尽的素材的启示下，"在哪里"还是"画哪里"的界限变得模糊了。

如果"在那里"，却偏偏要"不画那里"才显示出"自己"，自然吗？或许平和一点更好。既然"在那里"了，就把自己和那里融合起来，去探索那里的有意思的一切，找到一些有意思的什么，也恰恰是"自己"，而且或许是更丰富、更聪明的"自己"。

为了把绘画融和在自己的生活里，就不要设置许多障碍，不要讲"不画照片""不看博物馆""不听讲解""不读书"等，放开手脚敞开心胸去接受生活、感受生活，然后直抒胸臆、画我所要。"画我所要"这四个字的本意是"认账"，承认画面上的一切浅陋都是作者本人所为，是本人局限性所在。自己画得不好，不怨天不怨地，不怨学校老师教得不好，不怨世风不好，不怨模特不好，不怨市场冷落了自己，不怨"苏派"耽误了自己，不怨"写实"的概念束缚了自己，不怨"写意"的主张误导了自己，只怨自己修炼不够、画得不行。是为"画我所要"之意。妥否？

2018 年 5 月 1 日

那是条汉子

总是提到莫伊谢延科,但总还想多补充几句。

1

1988年秋天,莫伊谢延科去世了,当时我刚到列宾美术学院。本心是想跟莫伊谢延科上一段课,听听他怎么说,看看他怎么画。莫伊谢延科教学的工作室在学院的主楼外面,是座独立的平房,从主楼的北窗正好可以俯视它掩映在树丛中。

列宾美院的绘画(油画)系是导师工作室建制,工作室以导师为中心,就是说,有莫伊谢延科作导师,这个工作室就存在,一旦导师变动了,工作室也就没有了,不存在了。不像我们,工作室是集体教学,工作室主任可以变动,教学集体一直存在,老师学生还是一伙儿。中外各有千秋吧?不说这个,还是说那年秋天，涅瓦河水在秋风秋雨里灰沉沉的，像金属一样沉重。莫伊谢延科没有了，这个"艺术现象"也就结束了，这个工作室也就散伙了，原来一伙的老师同学们都需要"另谋高就"。有学生来宿舍告诉我，莫老师生前喝酒唱歌，同学们到他的别墅去聚会，他对同学们都以诚相待、以朋友相待。有些同学在专业上的探索比较出格踩线，被列入"另册"，别的导师工作室往往表示"爱莫能助"或"不便接收"，还是莫老师能够出手把他收了，保下来，而且鼓励他独立思考。这样的故事在同学里传诵，我能感到一种由衷的敬爱、敬佩。列宾美院作为"皇家美院"，有老师摆摆架子，那样的低级趣味、那样的"陋习"并不罕见。学生们笑话说，谁谁一出场就"像上帝降临一般"，而可笑的是，那位谁谁本人还很进入角色，还很享受那个过程，殊不知已经传为笑谈。莫老师相反，他耿直朴素、平易近人、不端架子，却威望很高。灵活的艺术家会在官场上混，给自己混出各种头衔，但是列宾美院的人告诉我说，那些混得好的人却害怕莫老师，躲着他，见到莫老师就闭嘴不吭声了。苏联人里，有没有谁嫌他画得不行，嫌他土头土脑的？应该有吧，但我没遇见过。

2

我第一次见到莫伊谢延科的画，是 1966 年 5 月在大型的全苏美展上。那是东华门展厅，来了不少重头作品，代依涅卡的宇航员、共产党员组画等大画都来了，而《红军来了》那幅原作强烈地震撼了我。当时我在读高中，还没有专业，心里的梦正乱呢，这画就清晰地、确切地烙印在记忆里了。连那几张受苦受难的脸、狠巴巴的眼神；连大马身上紧绷的皮毛、汗水；连画面下方篱笆上流淌的松节油，都一条一条、一线一线，清晰刻印在记忆里。

莫伊谢延科
母亲们，姐妹们（变体画）
布面油画
220cm×150cm
1966 年

今年我先是听说了在彼得堡有莫伊谢延科的纪念展览，很快有朋友寄来图录大画册，看来看去爱不释手，甚至想，为展览跑一趟彼得堡吧？接着就听说展览借来中国，到杭州、上海来展了，真是方便啊！2016 年是他诞辰的百

那是条汉子

年纪念，从我第一次见他的原作，相遇也过了半个世纪。烽火连天的青春，青春的理想、友谊、亲情，都在他的笔下成了永恒。他的油画语言节奏分明，构图大开大合、张弛有度，极有艺术表达力，以至于有的粉丝会在他的画面上读出汉砖的拓片，读出黄胄的大马。

这一次诞辰百年纪念的出版物，让我有机会见识了他大大小小的各种作品，我更强烈感受到，《红军来了》等几幅代表作，尽管很精彩，但只是海面上几条触目的大浪，而他平日里大量的"习作""素材""速写""构图""草图"等千千万万件不可胜数的作品，才是整个莫伊谢延科，才是深不可测的大海本身。

记得读书时有老师说，《流民图》固然画得好，其实那个时期蒋兆和先生围绕《流民图》所完成的大量小幅作品更加精彩。

如果仅仅把莫伊谢延科归为灵活机巧的塑造样式就看得轻薄了，看他大量的小画尤为明显。他是朴素的、直接的倾诉，而不是摆弄、不是显摆。他的心很重，收成总跟劳动分不开，胜利总跟牺牲分不开，他关心的总是在磨难里面，人性所能达到的是什么高度？他不讲假话，不听漂亮话。

正是在他数不胜数的写生素材作品里，完整地呈现出作者的人格质量，而不只是令人叫绝的技能功力。正是那样的人格质量成就了他独到的目光，他在普通人的身上、脸上，在他们的姿态和目光里，看到了人生最宝贵的东西，读出了世上最难忘的东西。

每位艺术家的作品，无论大大小小林林总总，其实总是一致的——在大画上如果虚张声势、虚假昂扬、假大空、不可信，那么他的小画习作也是一样的表面，一样的做作、空洞，反之亦然。看我们的胡一川，看我们的古元，自然坦诚、落落大方，作品如活泉之水清新入骨，是人格的展示，是心意的流露。

3

20世纪留苏画家很多，但是进入莫老师工作室的人很少，据我所知只有一位，是冯真老师。我请教冯老师，莫老师工作室在教学上有什么特别之处？冯老师想了想，很肯定地说，他工作室里摆的模特色彩比较稳重，灰军装什么的，"从来不搞那些叮叮当当的东西"。她讲"叮叮当当"是指有点跳动、有点装饰的色彩或者小道具。

莫伊谢延科打过仗，卫国战争开始就上前线了，而且当过战俘，直到战争后期才得以回到部队重上战场。他的这段经历是沉重的，一定是很沉重的。但是他了不起，战后的作品显示了他顽强的、坚韧不拔的、伟大的生命力。他对于生灵，对于友谊的挚爱，使得他的画超越了很多二战的伤痕绘画。我记得彼得堡的年轻人说起莫伊谢延科在二战时义无反顾上前线，而没有随妇孺们疏散到后方，都说他真是汉子，充满了敬佩和崇敬。但同样这一段经历，在另外人的口中就变成了另外的味道："他当过俘虏，你知道吗？苏联人最瞧不起俘虏，所以他就完了，怎么画也没用，什么也没当上，连系主任、副院长也没当上。"说这话的人当上什么了？是的，好像当上什么了。

莫伊谢延科去世的日子，在列宾美院有告别的仪式，来告别的人挺多，在楼道里沿着倾斜的楼梯排成长队。当时中苏关系还在低谷，学院里除我之外还有没有在读的中国学生？很可能是没有了，所以我郑重其事地排到队伍里，来到莫伊谢延科身边，给他献了鲜花。当晚有苏联学生拿来一幅油画让我看，说是自己专为莫伊谢延科老师画的，奉献给他的在天之灵。画面上没有人物，全是花，盛开的花。

2018年元旦

讲究不讲究

1

北京人对生活究竟是"讲究"还是"不讲究",比较马马虎虎?记得有一次在艾中信先生家里,黎莉莉阿姨讲起笑话,说艾先生在生活上既"臭讲究",又"穷将就",二者兼而有之。

我生活在北京,长大以后,见识了四方风土才知自己的孤陋寡闻。比方说喝茶吧,直到 30 多岁以后,有机会接受杭州龙井的启蒙,受了武夷山岩茶的再教育,回过头来反思茉莉花茶,才渐渐醒悟;比方说吃菜吧,如果不是尝过几次粤菜,尝过几大菜系的风采,不知道就连烤鸭也并非京菜而是人家鲁菜,那么我会误以为北京的菜已经是中国的正宗经典;比方说房子吧,见识了各地各朝代的古建筑之后,对比朴素的古风,才有能力辨识"绿树红墙"熟悉的清宫套路,它的局促和繁琐并不是中华建筑文明的主旋律。总之北京人的衣食住行不是最讲究的,不是最精致的。但是,说北京人的生活粗枝大叶瞎胡混更不对,因为除了物质生活之外,北京人另外有特别上心的地方,特别在意、特别计较的事儿。

比方说老北京人讲究礼数。你只要说出一句话来，里头的称呼对不对，口吻对不对，语调重音对不对，人家听了就能详细解读，以至于你的家教如何、学问真假，人能不能交往，都被人家全方位扫描过了。触目惊心吧？何其讲究。这是心里的讲究，精神生活里的讲究，跟物质生活不是一回事儿。有人在意饮食，喝一口汤，味道对，十分受用；也有人在意内心，听一句话，味道对，十分受用。都说受用，不一样，记得听父亲说，当初穷学生读书还是喜欢来北京读，房东不那么"势利眼"，不像电影里面南方的房东追着骂着讨房租。家里没寄钱来，房东不会给你脸色看。我相信爸爸讲的。现在想，缺一些房钱不至于看脸色，但是如果缺了礼数，不够客气，比方说端起了阔少爷架子来，那恐怕得到的就不光是给脸色，还有更让你下不来台的后果，让你吃不了兜着走。说谁马马虎虎？

2

讲究，就是心里面追求。

年轻的时候心里面的追求比较表面。比方油画，就追求逼真，向往那种逼真的震撼力，所谓"油画的表现力最强"，首先指的就是逼真。结实的光影造型、响亮的空间色彩、严密的画面结构，一切都以写实为目标，写实的能力才是真本事，不分什么门采尔，什么苏里科夫，什么布格罗还是什么库尔贝。太看重技能，被视觉的逼真震撼了，对技能后面的东西重视不够，对技能以外的东西也轻视了。

幸而是在北京，还有很多资源、很多展览、很多人和书，不断地校正我，让我没有停止下来。吃菜，没有停止在一般通俗的"好吃"标准，提高到更复

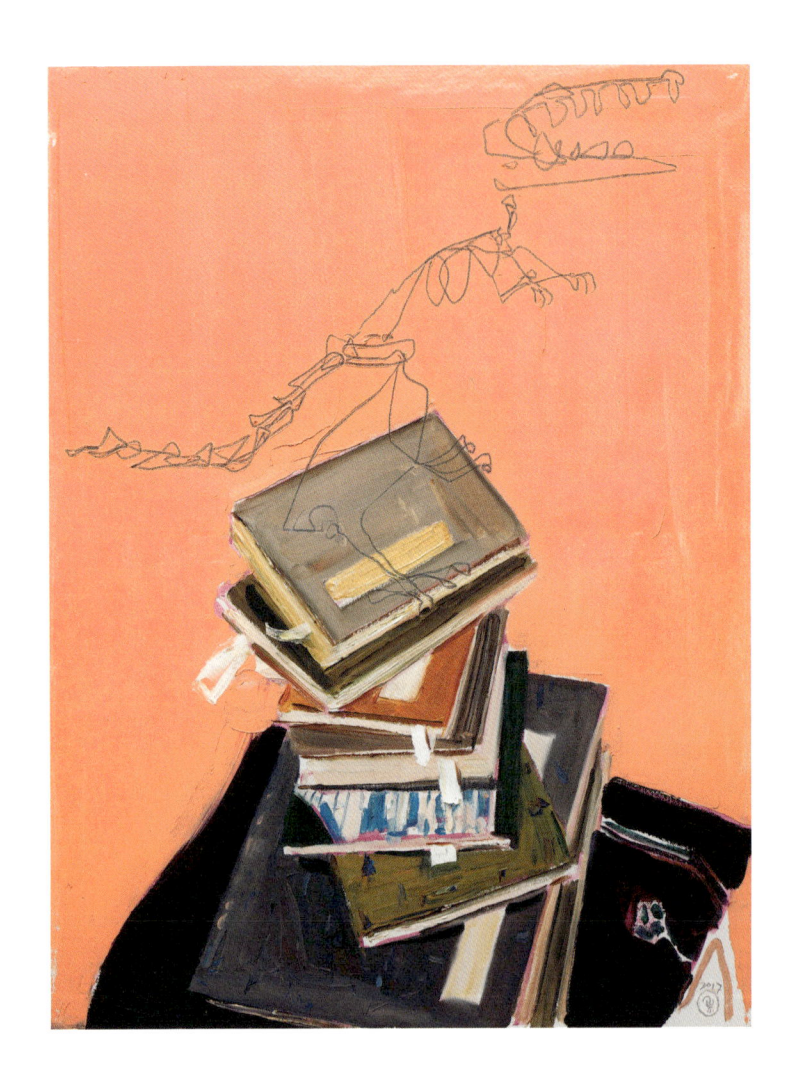

戴士和
一摞速写本
布面油画
80cm×60cm
2017年

杂的口味。喝茶，品茶，读画，品画。"好看"两个字的实际内涵在变化，随着学习、随着阅历在变化。什么画好看？如果说过去更看重技能，赞叹的是手艺的品质，精工细作，无懈可击，那么，后来更看重意味，赞叹的是意味的品质，是朴素是直指人心。如果说，过去也可以接受梵高的具象画法，虽有些偏执、有点神经，但也不无特色，那么现在，却被他画中的热情感染，一片赤诚光照天地，超越了大部分具备写实能力的画家，就像是凡夫俗子芸芸众生里走出来的一位绝代佳人，从头到脚美不胜收。过去眼里的梵高不够专业，一生辛辛苦苦画了一些不严格的小品而已。现在却能读出他笔下严密的整体感——精神整体感，无一笔懈怠。这是真正意义上的字字珠玑，真正意义上的笔笔真功夫，笔笔硬功夫。

不严格的小品，林风眠、金农、齐白石都画了很多。真的"不严格"而已吗？

3

如果拿现行的"论文评估标准"去评估孔夫子、去评估诸子百家，大概都不够格。连副教授都不够格。

作为一种"文体"，语录体、问答体、对话体，或者随笔、札记，甚至日记体，现在特别让我着迷，因为它特别贴近作者，贴近那颗鲜活的心。文学有过"意识流"，也是力求抓住意识与下意识交织而成的思维的紊流。文学启发我，绕开繁文缛节的诱惑，行文单刀直入，逼近心理的真实。文学作品写的是不是有意思，就在于它是不是真人的真言。活泉之水清新入骨，而不在于它的套路很严格、架势够排场。那么画呢？

说哪种文体比较贴近作者，实际也分什么样的作者。作者自己也在变化。我现在越来越看重朴素自然，也就逐渐贴近清水芙蓉不施粉黛的样式。随笔这种文体，读来比较松动，像是漫谈，段落长长短短，或有启发也是点到即止，或有提示也不会耳提面命。由衷之言娓娓道来供您参考，绝不弄那种以势压人摆起架子的低级趣味。知我者谓我心诚，不知者说是东一榔头西一棒子，学术性不足，称为"糖葫芦体"也可以的。

油画在中国，逐渐落地生根，这是一篇大文章。学习了解外面的洋油画，不囿于某时某地某国某派才好。借鉴委拉斯贵支那种专业高手，也借鉴塞尚这种倔强的外行，在那些看似冲突的艺术现象之间，也有某些相近的追求、相通的讲究在其中若隐若现。

未必不讲究，而是另有讲究。

水墨画是跟中国人的生活融为一体了，不光说是表达了中国人的思想感情，在物质操作层面，笔、墨、纸、砚也跟文人日用完全打通了，任何一位文化人凡是写字的都能画起来，想画就画，参与的门槛降到最低。这个门槛很重要。试想在文人画以前，要想置办起画家师傅那整套的工具颜料家伙事儿就很不容易了，怎么画起来？物质门槛降下去，精神的讲究才可以提上来。融入生活是一个很长的历史过程，其中会包括许多的尝试，许多的变革、弯路和惋惜，但只有经历了这个融化的过程之后才会有水墨到了文人画，佛教到了禅宗那样的高度。

收拾旧画，翻出一二十岁时候的记忆，骑着自行车，车后架上驮着心爱的小画箱，孤身在郊外的荒草里写生一个下午。心情跟现在几乎一模一样，想画好，怎么也画不好。对于画面的讲究虽然当时知道得还少，但是有追求就很享受。

2017年8月3日

画室内外

1

要有一间画室,属于自己的,可以随意安排,专门画画、读书的地方!这想法是我到1990年以后才当真动心的。之前也见过画家的工作室,但人家已经是太大的画家了,可以在家里安排出一间房专用来作画,叫画室。年轻人不可能想这事,远得很。

记得20世纪70年代初去白塔寺那边卢沉、周思聪老师的家,屋里当中是一个八仙桌,四四方方,干干净净。桌面完全空着,到吃饭了它就是餐桌,收拾了碗筷摆上课本就是孩子做作业的课桌,把孩子们安顿休息了,可以画画的时候,这八仙桌就是画案子,这间房也就是画室了。记得他们兴致勃勃,状态很好,几件代表作正是那时候出来的。

还有画家的家里空空,唯有一副床板架在两个条凳上。起床把铺盖卷到一头去,露出半个床板就是画案子了,晚上打开褥子就睡下,一床二用。但人家那批惊动了全国的成名作,就是床板上出来的作品。

年轻人熟悉的是几个人伙着用的画室。在福绥境大楼里，张伟给大家辟出一间房专门画画，房间里没有床，没有任何生活起居日用家具，墙上空空地下空空，好奢侈，纯粹画画的空间！于是聚起一群人，聚出一个无名画会来。那时就连专业单位的画室，大多也是几个人合着用的，虽说还是集体的空间，那已经是人人羡慕，如果在里头分给自己"一角"就很兴奋了。

我在北京师院留校教了三年书，系领导特意安排出一个大房间给我们四个青年教员作"进修室"。教书工作之余，我们就泡在这画室里，充满幸福感。也就是那时候，刘亚兰老师带着我们拜访卫天霖先生、吴静波先生、吴冠中先生，请教李瑞年先生。到央美以后，有几间著名的大画室，一四八、二六五，在U字楼中间的老食堂，又高又宽，20世纪80年代也成了这种公用的大画室。公用的大画室也有它的好处，人之间比较亲近，互相看得见，三言两语既是打招呼也是交流了。就在这个老食堂里，那个年代靳先生、詹先生还不算老先生呢，画那组双人体的时候，我就有机会一饱眼福，从头到尾，一边看一边记。

2

画室里面的景物，也是画的对象，也是题材，"室内景"嘛，历来入画。漂亮的客厅固然入画，乱糟糟的工作室、工作环境，那些工具，那些横七竖八的架子、灯光、道具……工作的痕迹、思考的痕迹、个性的痕迹应该是更加入画了！小时候看见别人画的抽屉，杂物零零碎碎挤在一起很有画意，作为静物，比那些摆舒服了的香蕉、苹果更有意思，更"好看"。

出去画风景也总想避开那些开发好了的景区，倒是一些还没有人旅游的地方，那些真正打鱼过日子的码头，那些没有打扮的村落更有画头儿、更有看头儿。

日常的东西，如果能从里面看出什么有意思的感受来，进而，如果还能用一种有意思的画法画出来，这两个有意思遇到一起就成了，就有画头儿了。

日用的杂物，眼前得很，琐碎得很，但是齐白石点石成金，到他笔下每一件都妙不可言。那些杯子茶壶、碟子里的咸鸭蛋、一挂鞭炮、一个算盘、一炷香、几片木炭、一把黑剪刀……处处让我着迷，笔笔让我信服，不亚于他画的那些活物儿，不亚于大山大水。你看他画的玻璃杯，虽然光亮透明但是质地粗拙，相比之下细瓷的小盖碗却是又轻又巧，雅致得多。那种细腻的感受、精确的分寸，又仅仅是一笔妥帖的墨线、一笔勾勒而已，里面却什么都有，什么都包含在其中了。

维亚尔，纳比派，把景物归纳成光斑，编织成条纹，把三维的空间隐入二维的图形里。他们的颜色那么优雅地，小心翼翼、试试探探地，闪耀着几分陶醉、几分矜持。马蒂斯的室内画不像是餐后小甜点，而像正餐好酒，味道重得多，更多醇厚，那种锋锐和堂皇，那种生涩，那种明澈或者清新入骨都从视觉直抵心灵深处，精神为之一振，而不是陷在小享受里满足着自己昏昏欲睡。

可以说他们油画的色彩相当于我们中国的笔墨，他们用色彩语言有声有色地铺排开室内小景，拓展出丰富宽阔的精神天地。

3

绘画讲究"朴素"。作为品格的朴素是什么意思？画个老农民就叫朴素吗？马蒂斯那么辉煌就不够朴素吗？

有时人人都说这东西是红的，我却怎么看也觉得发黄，于是我就试着按照真的感受去画，发黄就只好发黄了。不怕别人笑话，不怕别人嫌弃。慢慢就养成好习惯了，凡事总要用自己的眼睛去看，用自己的心去领会，天空未必蓝，

戴士和
《画室窗下》局部
布面油画
2017年

戴士和
《画室窗下》局部
布面油画
2017年

叶子未必绿,鸟的啼叫未必就那么婉转。出言中肯,不掺"佐料",不红就是不红,发黄就是发黄,不"为了什么而故意无视什么",不煽情、不跟风、不客套、不花言巧语,"朴素"就从这里开始了。虽是些小景致、小静物,但是可以小中见大。

20世纪90年代有时候我事情多,忙得连出外写生也没空,只好"退而求其次",因地制宜画室内吧,至少没把笔丢下。知道室内画毕竟是历来有过大师名作,自己零敲碎打偶然涉猎难有成绩,但是当作练手吧,当作笔记吧,还是真心画进去,多少也留下一点可以怀念的思绪。当时系里章虹一见那几幅画就喊"孤独",把我都惊住了,好像是一不小心泄露出什么隐私一样。

2017年6月18日

迎面吹来大海风

1

如果说"怎么画"算是绘画语言的问题，那么"画什么"就算是题材的问题。

画鸟，八大山人画些忿忿不平的鸟、很惊悚的鸟，后来齐白石也画鸟，是些苟全性命于乱世的鸟、勉强逃过一劫的鸟。画什么？回答画鸟还不够，太笼统。画什么鸟？这就具体一些了。鸟总是作者的自画像，某一侧面的自画像。作者把自己想象成那副模样，把自己理解为那副模样，于是鸟那副模样就变成题材，就"入画了"，就有意思、有看头、有画意了。

2

我喜欢画海，喜欢画船。最久的一次是在北部湾，连续七七四十九天画海船。刚到达的时候是三月初春，冷得发抖，海风凛冽。离开的时候是五月初夏，热到半裸作画还是大汗淋漓，但是越画兴致越好。不断有新的构思在形成、在生发，不断地想画出来。

　　生在北京，从小就对城外很好奇。城外有田野，更远是山。远了就缥缈了，缥缈的外面才是江河湖海。记得有阅历的大孩子卖弄说，如果没见过海就不懂什么叫伟大。惭愧之余更激起向往，海！院里有茂盛的海棠树，几次我爬上去，往远处看，目光越过大大小小灰色的屋顶，尽力向东向南想看得再远一点，也许有一丁点儿大海的反光？

　　读书以后有机会真的到过海边，才知道海那么静。

　　陆续有机会见识了一些不同样子的海，也经历了一点惊险。在澳洲的海岸边，一个风和日丽的下午，海湾里有些人在嬉闹玩水。我不知深浅竟一个人下去游泳，那天的浪不算小，关键是恰恰在退潮。发觉自己越游离岸越远，心里有些发慌了。现在还记得回过头看到透明的海水像山一样耸起来高高的，把耀眼的阳光遮住。

　　神秘、好奇驱动着我，一再地接近海，一再地画海、画船。海那么大，远远超出想象。

　　大海在近处的平凡和污浊，在远处的种种奇妙，都超出想象。记得在印度洋的蓝海里，船员关上发动机让一切都静下来。四周只有一条海平线，船员领着拍手之后，四只美丽的海豚竟然列队跃出水面在空中划出弧形，像舞蹈、像童话一样，而且离得那么近。

3

　　渔民出海，把网撒出去的时候，不知道这一网能打上来什么。家属们送船员出海去了，约好几天回家，更不知此行的吉凶，只能在家里祈祷、盼望。

画画，出去写生，天南海北风风雨雨，又何尝知道能不能遇上会心的景致，能不能带回什么有意思的东西。

在苏格兰有个著名的酒馆，坐落在地老天荒的海岸上，酒馆墙上有一幅"壁画"，描写大海，讴歌大海的魅力。

画面上大海的魅力有三重：第一是能吃的，几种肥大的鱼、贝类；第二是能发财的，沉船里生了锈的百宝箱，金光闪闪的珠宝；第三却是美人鱼！美人鱼算是什么呢？鱼虾能吃，而且确实可以指望，沉船里的百宝箱还能指望吗？概率太低了。那么美人鱼呢？人们竟也是真有迷魂招不得，真的魂牵梦萦，有人见到过吗？据说是海妖的歌声被听到过。在深夜里，从深海飘来的歌声，吸引了不安分的心灵去追索，一代又一代，很多人有去无还，仍是无怨无悔。

我的父辈大都会唱《渔光曲》，那是1934年的老歌了：

云儿飘在海空，

鱼儿藏在水中，

早晨太阳里晒渔网，

迎面吹过来大海风。

4

画什么？什么才入画？题材问题是提笔作画的头一个问题。

文人画曾经推重"梅兰竹菊"；近现代曾经提倡"画自己熟悉的生活"，这些主张对不对？不错，但也不尽然。

比方说"熟悉"吧，熟悉就能画得有意思吗？多少乏味、多少琐碎、多少平庸都是"熟悉"的产物。相反，无论熟悉不熟悉，只要"有感受"的东西

戴士和
山雨欲来
布面油画
2017 年

都入画，因为感受不同于日常，"视觉提出了问题"，换了眼光，改变了视角，给人启发，也就有点儿意思了。有感受就意味着有些新的意味呼之欲出，那不是现成的，不是按部就班可以逻辑推演出来的，不是按照现成的程序可以生产出来的东西。

  极而言之，没有什么不可以入画。画什么没有禁区。我们的眼界有多宽广，画的题材就可以多宽广；人的精神世界有多大，画的题材范围就有多大。

  但这只是极而言之，具体作画却只能谨守真情实感这四个字。

  对画家而言，选择题材就是选择"课题"，不是因为熟悉，而是因为感悟到新意。

2017 年 4 月 20 日

戴士和
峰回路转
布面油画
100cm×70cm
2017年

谋划之外

潜移默化。画面很多好东西、有意思的东西都不是刻意弄出来的。

处心积虑地"画中有诗",煞有介事地"古为今用",都未必真见效果。

随风潜入夜,润物细无声。每天忙这忙那,早晨猛一看春天来了,却不记得春天怎么就来了,从哪天开始的?

1

从小爱看电影,爱到什么程度呢?当时每天报纸的电影广告栏里大小电影院几十家吧,新片旧片也总有几十部吧,没看过的少。那是中小学的时候,不耽误功课吗?

至今旧习难改,可现在去影院,周围一圈坐的全是小青年、小小青年,于是回家看碟吧。除非李安《比利·林恩的中场战事》那种,非上大银幕才能看得清楚每根睫毛。

人家问我，我说林风眠也爱看演出，还不分演得好赖，据说有人影在上面动着他就喜欢看。我还挑片呢，不好看的碟不用看十分钟就退出来，直接扔进字纸篓了。在店里买碟基本上是瞎蒙，看剧照估摸、猜。封面上印着那几行小字不解决任何问题，但也得扫一眼。最不好回答人家问我："您买哪类片子？"怎么说呢，哪类也有能看的，也有不能看的。好赖怎么说呢？说不明白。去年有部黑白美国片，叫《内布拉斯加》，很好看，主角七老八十的中奖了，非得千里迢迢领奖去，告诉他是假的，他不听劝。故事不错，但是给我印象深的却是两个配角，两个游手好闲的年轻人，宅在家里天天看电视，天天笑话别人太土了，笑得那么由衷。神来之笔、入木三分，跟哪类片子没有关系。

外国文学怎么读呢？读的是莎士比亚还是卞之琳？还是两人的合作？原文读不了，译文又像是隔着毛玻璃，影影绰绰将信将疑。不少译者都挺万能的，不分文学还是经贸还是新闻战争全行。画册是越出越精，但都说跟原画一比差得太多啦。所以我说，这个DVD跟原作相比，也许就是最接近的吧？当然，我这是给自己找辙，从小落下的习惯已经难改了。

2

从小画墙报、画黑板报，花不少时间，也耽误功课，耽误正事。

不光抄写正文还要写标题，写美术字。清瘦的仿宋，粗壮的等线体，都得练习。现在叫"版式设计"，画画叫"构图"，黑板报里全有。黑板报在校园里总是很显眼，哪期出得好，立刻见效果，有人夸。尤其是插图，画上人物就招人指指点点，美得很。

戴士和
云深不知处
布面油画
100cm×120cm
2017年

  有天的课后,老师把我找到办公室,说领导决定了,大操场入口的那块大黑板就交给你,以后在那上面写什么、画什么,全由你自己做主,也不用请示别人。那时我读高一,在北京四中。这么大责任呢,可不光是画插图,有点像是办报的意思,更美了。

谋划之外

动手操作一件事，是把它从无到有做起来，做大做强，在这个过程中能得益很多，甚至可以不必追究做的什么事。

3

看电影、画壁报，今天回想得益良多，多方面影响了日后的美术爱好。但是，当初可没有预谋，都是计划外的，无意的。遇上心重的家长就得担心，不务正业啊。

在生活里，恰恰那些没有预谋的故事，那些巧合，那些偶然，那些自发的，无意识的积累往往"酿成"大后果，人算总是不如天算。所以，在心里不全都迷信计划，留有余地接受天算，随遇而安，不一定是糊涂。

从大处说，文人画那么了不起，开初也是从不务正业走过来的。印在包装纸上面的浮世绘怎么就影响了后印象主义？

4

艺术品不批量生产，不是制造出来的，所以事实上并没有"配方"，没有"流程"。有的只是一件一件好作品，出于一些零星作者之手，这些大大小小的好作者在生命的某些时候心动了，而且有条件把东西做出来了，好的东西断断续续连成艺术史，好像有规律，其实每一次情况都不一样。你看，尽管人们可以武断过去，却总是难以具体预言艺术的下一步发展。

5

有先生说,下去写生不一定要预先有什么目的,不必一定事先定了题目,去画什么主题,找什么题材。

别太功利。

否则很多东西就看不见,感受不到,心收得紧紧的,眼睛视而不见。

过去往往是带上创作题目再下去搜集素材。现在是先有"语言课题"再下去写生,先想好这次打算练习什么什么语言,然后再有针对性地写生。这是一种见效比较快的办法,有的放矢,集中精力。但也正是针对这种有效的、常见的、有计划的写生,有先生提醒说"别太功利"。

除了有计划之外,是否可以闲散一点,换个思路,从计划的思路里脱开一点,尽管那计划是科学的、符合规律的、"完全正确"的,尽管那计划已经被实践验证过多次。

张开双臂拥抱春天吧,万物生机勃勃,一切正在变得不同。

呼吸新的空气吧,否则还走出画室来做什么呢?

世界很大,预谋以外的遭遇更宝贵。故事每天都不会重复,每个地方都有新的奥秘在等待我们发现。

那些看上去似乎与艺术规律无关的事情,看上去似乎与油画正业无关的事情,看上去似乎与基本功无关的事情,其实全是相通的,你中有我,我中有你,彼此之间明投暗合妙不可言,有机会遇上这些总是命运的恩惠,看你怎么对待了。

2017 年 2 月 22 日

清迈的佛像

1

在泰国清迈的博物馆门厅,见到一幅彩色照片,记录着众人晾晒佛像的场面。画在布上的佛像幅面不小,释迦牟尼居中立在莲花上,左右各有一位弟子。照片上看,阳光充沛,佛像的整幅画面金光笼罩,色彩凝重辉煌。

很精彩的一幅佛像!

细看局部,人物动作自然流畅,外形归纳得很单纯。线条从容洗练,朴素优雅,毫无霸气。想起永泰公主墓石棺刻线,雍容而克制,但是用毛笔画出来的线又比刀子刻出来的线条更多了些顺畅自然。

虽然是两米来高的照片也不小了,但毕竟是拍摄的人群聚拢的晾晒场面,画像本身还是不够清晰,颜色也"隔"着一层。讲解员不清楚这个晾晒场面是哪里的寺院,博物馆也没有相关出版物,怎么办?很想仔细看看原作。

戴士和
速写
2007 年

戴士和
速写
2007 年

清迈的佛像

2

找！下决心找。四处托人打听这幅佛像画的下落，究竟在哪座寺院收藏。四处寻找书店查相关的画册……几次问到人家笑而不答，我们不知深浅，不知能不能追问，不懂该不该"行贿"。几经周折，以至于确实肯定了佛像所在的寺院之后，也还不敢说，究竟是必须等到来年晾晒的时候打开佛像，我们才能一饱眼福，还是有可能这次就专门为我们展开呢？翻译也说不准。不是语言不通，是语意模糊。

而最终结局圆满。所以，中途不死心不打退堂鼓是对了，硬着头皮找上门去是对了，人家改日子咱就耐心再跑一趟也是对了。先是村长答应，然后由住持出面接待。小村子叫巴旗（音），在清迈市郊百十公里，十分清静。

美丽的清迈蓝天白云，我们满腹疑虑地驱车进了寺庙大门，却见人家早已把那幅佛像在阳光下悬挂好了。

一米多宽，四米多高，立轴，收藏有木匣。是北方拉祜族的佛像。布底、墨线，淡墨皴擦加重彩，佛像上用金。像的下部布底已有明显破损。

这次可以清清楚楚细看各部位，跟在博物馆看那张照片有很多不同。

首先是最大的视觉效果：色彩就不同了。如果说照片传达出的是辉煌，那么原作更多的是质朴。照片记录的是"条件色"，是当时环境、光源条件影响下的混合效果。现在直接看原作就可以在视觉里排除环境外来影响，直接欣赏到原来画面本身的色彩。

使用颜料的种类不多，红、黄、蓝、绿、金，就这么五种颜料，加上墨。墨有浓淡，色有深浅，墨与色混合，层次可以变化无穷。淡墨线在下，色在上，颜色罩染了墨线成为色线。淡墨的渲染皴擦在下，色在上，颜色罩染了整个色块的表情。细看每根线条都不是一次而是多次反复勾勒而成，十分有看头。

尽管原作与照片有诸多不同，仍然都是精彩，而且原作给我的启发更大。原作在恢弘之下洋溢着自然、朴素，那种把优雅和朴素融为一体的力量，那种毫无霸气，毫无张牙舞爪、自命不凡，而又实实在在达到了目空一切的巍然气势，真是与常见的东西很不一样。这种智慧，这份慈祥，是东方文明的恢弘气度，不是船坚炮利、炫耀肌肉所能比拟。在画面追求上，不只是视觉的厚度和丰满，不只是客体描述的密度，更升华为神采和意蕴，深深地浸透了每一笔。那是精神的密度，精神的犀利与博大。

3

这么大幅面的、重大主题的绘画，看到原作又这么亲切、自然、平易近人。

想来，常见的那些"为了展出""为了教育观众""为了示人"的作品，免不了做作。做作些什么呢？时下需要的东西，当红的东西吧。比方张扬个性，吉利套话，骂骂咧咧、张牙舞爪的牛叉姿态，滑溜溜、香喷喷的生活质感，等等。这类东西大家喜闻乐见，产销两旺。

清迈这幅佛像就不同了。可以想象作者孤身灯下，安心修炼的样子。这画也是他修炼过程的产物，是他与佛之间灵魂的对话，运笔行笔之中偶有一得，像灯花一闪，心生喜悦。

"怎么画才能出彩儿？"

"怎么震撼人心？"

"如何有视觉冲击力？"

他恐怕不是这么想的。

4

  我在清迈前后，李安导演的《比利·林恩的中场战事》在院线上映，鲍勃·迪伦的歌词获得诺贝尔文学奖……2016岁末，值得一看的好东西很多！世界之大应该知道却还不知道的很多！比如和尚，吃素不动荤腥是常规，却不料在清迈，见到人家的和尚进了饭店大大方方叫了一份咖喱鸡来吃！

  人家说，化缘的时候，施主给什么就接受什么，不能挑挑拣拣，应该跟施主平等，由此，吃食上面不设这个吃素的限制。但是不杀生不屠宰，这是一定的，要有善心，慈悲智慧。

2016 年 12 月 30 日

写意是个追求

1

  比较早知道罗工柳先生主张"写意油画"是听杜键先生说的，我读研的时候吧。杜先生是罗工柳油画研究班的学员，直接跟罗先生学习三年，毕业作品《在激流中前进》影响深远，从精神气质到油画语言，从朴拙的造型到浓郁的色彩、简洁凝练的构图处处有新意，沉雄矫健。黄河水在画面上已经不只是水的质感，又好像"可以在上面走坦克"的创痕斑斑的土地，或"盘涡倒卷声如雷"的猛兽，不可以被操控的、不可以被驾驭的。他专门做了一米多长的油画笔，是木杆加大刷子，拿宽幅的画面当作一方小小的印章对待，浩浩荡荡气势如虹。

  在美术馆的展厅看到这幅黄河作品的时候，我还是小小中学生，很震撼，当时我既不认识杜先生，更没见过黄河的真面目。十余年以后，当我真的来到黄河边，真看见黄河，才再一次惊叹，原来黄河水并不只是那幅画上"泥石流"的样子。真的黄河水是千变万化，朝晖夕阴，每一个角度每一处婉转，甚至每时每刻的色彩都在变化，黄河水为艺术家提供了无限的可能性，无穷的选择空间！而杜先生笔下的黄河，并不是简单的如实描写，而是他的一个选择，是他所在意的，他看重的，他认为值得关注的，是他的立意，是他在罗先生指导下的主动的创造。

2

后来逐渐知道罗工柳先生早在留苏期间就在反思，他觉得即使在欧洲的大博物馆里面也有许多平庸之作。他指出"繁""满""实""抠""腻""死""板"的弊病在欧洲的油画里也不少见。在反思基础上，罗先生提出了"写意油画""油画大写意"的主张，时间在1960年前后。（刘骁纯整理《罗工柳艺术对话录》，山西教育出版社，1999年版，第77页。）

3

罗工柳"油画写意"主张的实践体现，一个是他自己的画，另一个就是他的油画研究班，后来简称为"油研班"，也就是前述杜先生所在的那个班。油研班的毕业作品，总的面貌很有特点，很有罗先生主张的风采：

提倡有意思，反对没意思；

提倡生动，反对概念；

提倡新鲜，反对重复他人；

提倡激动人，反对冷冰冰；

提倡诗意，反对干巴巴；

提倡好看，反对难看；

提倡易懂，反对难懂；

提倡单纯，反对摆杂货摊；

提倡民族风格，反对耍把戏；

提倡民族气魄，反对法洋法古。（刘骁纯整理《罗工柳艺术对话录》，山西教育出版社，1999年版，第111页。）

油研班这批作品，在今天看来确实比20世纪50年代学习苏联的初期作品有很大不同。《英特纳雄纳尔就一定要实现》《延河边上》《三千里江山》《文成公主》《在激流中前进》《洪湖赤卫队》等画面大气磅礴、浑然一体，油画语言一气呵成，笔歌墨舞抒情写意。

4

有人担心提了"写意"对于"写实"不利。

其实，写实作品怎么才能画得好呢？怎么才能发挥写实画的精彩呢？方向在哪里呢？常说光写实是不够的，而写意就给了个方向，就是个追求。

罗先生反思，怎么才能把写实的油画画得好呢？怎么才能克服"繁、满、实、抠、腻、死、板"的毛病呢？怎么才能把写实画成伦勃朗的《浪子归来》那么凝练呢？怎么才能把写实画成莫奈的《睡莲》那样光华四射又敦厚朴实、自然天成呢？罗先生是为了把写实这个类型画好，而不是为了放弃写实另起炉灶，更不是为了标新立异才提出"写意油画"。

莫奈晚期、伦勃朗晚期都有"更凝练"的追求、"更朴素自然"的追求，这种艺术追求才带来他们高山仰止的成就，才带来炉火纯青的技巧，才有至高的境界。他们的追求，在中国传统的艺术语境里很接近"写意"所含的意味，也就是说，这类的追求有时并不分国家、民族或时代。

5

"繁、满、实、抠、腻、死、板"是什么毛病？是缺乏精神的毛病，是精神衰弱的毛病，并不是写实的毛病。写意专治这个毛病，治好了就生龙活虎，就炯炯有光，就言之凿凿、铿锵有力，就浩浩荡荡、洋洋洒洒。写实一旦有了写意的灵魂就活了。

写意是个艺术理想，追求更加凝练、朴素、自然的境界。

它不只是某种样式，尤其不是那种假装奔放、假装壮怀激烈、假装高大上的样式，恰恰相反，凡是假装的什么，都是写意追求所排斥的，是写意最不能容的东西。要中肯，要自然，自自然然，才是写意的基础和前提；不要矫情，不要嚣张，才是写意的起点。

比方杜键先生的《在激流中前进》很写意，那是好多日子跟船工生活在一起的产物，是许许多多现场写生之后提炼出来的写意，不是闭门造色、颐指气使的产物，不是假的黄河。他认为那是用感情"重新熔铸"出来的。

李可染先生讲"采一炼十"，写意的门槛是很高的。

2016 年 10 月 25 日

他画得整

1

小时候学画就听人说俄国有两个画家的名字彼此挺像的,弄不好就会搞混:一个科罗文,一个果罗文。这两人都生于列宾、苏里科夫之后,算是同样的后辈画家,两人的画都是形式感很强,但是具体面貌风格又相距很远。记得自己小时候看不进去果罗文,相反对于科罗文则是强烈喜欢,喜欢他活力四射,色彩那么饱满,阳光感那么充沛,大色块那么痛快,大笔触那么淋漓奔放,太"整"了,太"帅"了。

不知不觉几十年过去,如今再看,我的感受已经反过来了,无论在画册上,还是在博物馆里看原作,现在是一再地被果罗文吸引,连同他的舞台美术设计,连同他的装饰风格,都觉得有嚼头、有看头得多。是我的阅历改变了我的眼光吗?

果罗文
歌唱家夏里亚宾在歌剧
鲍里斯·戈东诺夫中
布面油画

2

果罗文生于1863年,全名是亚历山大·雅科夫列维奇·果罗文。在我印象里,他的风景画面上那些白桦树的叶片,层层点点布满整个视野,像是拉开一面优雅精致的大网,拢住寒意,拢住阳光。他的肖像很耐看,最著名的《歌唱家夏里亚宾在歌剧鲍里斯·戈东诺夫中》,让我这个观众经历了从一开始就被触动,但是并不能耐心读进去的最初阶段,到逐渐被吸引,再到现在越看越有味道的几十年的漫长的过程。

这画作于1912年，其实也不是用油画颜料画的，但视觉上能牢牢抓住观众，让所有见过的人难忘。正面，全身，顶天立地。红色大幕前是金闪闪的长袍、王冠和权杖，密密麻麻的纹饰布满画面，果罗文竟然把所有纹饰一个不漏地刻画到位！无一处草草带过，无一处"抠死画腻"。越是看到细节的刻画，就越是惊叹果罗文高超的技巧和独到的审美，竟能把这画面万万千千细节都恰到好处地汇聚在一起，汇成一个声音，一个威风凛凛的火一样的声音。

果罗文在这里实现了一个很特别的整体感，因为一反常规。人们为了画面整些，往往是减少细节，用虚实的办法、用归纳色块的办法、用"减法"加强整体感。但是果罗文相反，他用小号笔，用纤毫毕现的大量、精致的细节刻画，用强烈的弃虚就实的态度，跨越了通常所谓虚实得宜的界限，结果居然是不仅无伤于整体感，反而成为加强整体感的独到的手段。

整体感的强弱不在于细节多少，而在于细节的质量，在于所有局部是否调整到一个味道，一个共同的精神指向。画的整体在于"不散"，"不分神"。

3

不分神，不散，画起来并不容易。这个所谓"整体感"的追求既是最基本的、入门的要求，也是创作的、深入的、提高的追求。

不同流派风格对于"整"有不同的诠释。个人学画的不同阶段，对于"整"也有不同的体会。

小时候画头像，能不能画得像？五官在脸上的"布局"比五官各自的特征更重要，那个"布局"的意识就是"整体感"，就是"关系"。

小时候画风景，天上云彩的白色画不好，就要跟地上的白墙壁的白色比较着画，调整这两块白颜色之间的关系。色彩关系，这是色彩的整体感。

入门的时候一旦看出整体，看出关系，就开窍了。肖似的问题，动态的问题，立体结构的问题，空间的问题，黑白灰的问题，等等，直至味道的问题，品质格调问题，都从整体感开始。养成习惯大处着眼，才有门径把别的问题逐一解决。

果罗文那幅《歌唱家夏里亚宾在歌剧鲍里斯·戈东诺夫中》的肖像，品质很好，很难得，因为类似的舞台效果，类似的戏装服饰，被别人画得艳俗夸张的作品很多了，怎么能被果罗文控制得那么恰到好处！既不火气，不焦不燥，不浮夸，又一点也没有那种假斯文。

果罗文画面上每一笔都是画出来的，所有分寸的把控，也出自内心品味的自然流露。

4

科罗文生于1861年，比果罗文年长两岁，全名是康斯坦丁·阿列克谢耶维奇·科罗文，人称俄罗斯的印象派。罗工柳先生留苏时候，临过他的坐在阳台上的女孩那幅。

他的笔下美不胜收，多汁可口，嗜欲饕餮，青春热血，而果罗文不同了，虽然也很美，但添了几分曾经沧海的智慧冷涩，多了些理智对于情感的主动的平衡。鲜肉有益于健康，火腿却更有味道。果汁可口，而美酒入心，各有好处吧？

2016 年 8 月

想飞的人

1

苏高礼先生介绍我看一位业余作者的油画,我说"真像农民画",苏先生说就是农民画。作者原居住江苏盐城乡下,后来迁到山西定居,确实是位农民画家,画是油画,但手法还是通常农民画的水粉单线平涂一类,如果拍成照片其实很难想到那是油画。

这位作者画的题材比较多,甚至包括历史题材,比方抗日战争,他画鬼子进村,画老百姓用土办法弄翻鬼子的小船,把鬼子消灭在人民战争的汪洋大海。我问他这情节是盐城一带的故事吗?他很朴实地回答我:"是自己脑袋里想的,弄翻小船的土办法也是他自己发明的。"我笑了,这该属于"科幻作品"吧?

苏先生建议刊物开设专栏,介绍这类艺术现象。

2

我也当过几年业余作者，二十岁出头，当时只有少年宫美术组的"学历"，特别想画、想学。有过那段经历，就对业余作者有一种亲近感，容易理解他们的各种心理。

其实，随阅历增加，逐渐知道业余作者们彼此也是很不同的，除了"没有正规院校学历"这一条共性之外，各方面都差得远。

央美的油画系一直有关注这部分作者传统，比方"文化大革命"前的各种"调干班"就有这种关注，不会看不起人家，嫌人家土，嫌人家年龄大了"不好教了"。"文化大革命"后，1982年开办的油画进修班，坚持了十几届30余年，学员中一部分就是这类业余出身。各个时代、各个民族都有这种人才，学历不高但成就不低。

记得我在伦敦中央圣马丁艺术学院听他们校长介绍教学，他非常自豪地说："我们的体制非常灵活，包容各种学员，无论报考的学员是什么特殊情况，我们总能想办法接受。无论他原来什么基础，无论他是需要半日制，还是哪怕只能晚上来上课，无论他什么情况，我们总能让他学得成！"我喜欢他说的体制，敬重这样的办学心态。

3

我常听人说："多数人总是平庸的，天才总是个别的。"这话也对，因为成功的总是少数，不成功就显不出什么才华。

但谁天生就没有才华？只是他的才华没有机会发挥出来，没有机会被识

戴士和
湘西仲夏
布面油画
100cm×80cm
2016 年

别出来。

机会能不能给他?

如果拿委拉斯贵支的尺子去看塞尚,塞尚的确"不是一把好手",不是"能工巧匠"的苗子,他实在不开窍。机会能给他吗?

我们习惯了对心灵手巧的学生讲"宁拙勿巧",但当一个真的笨拙如塞尚的作者来了,而且怎么也"巧"不起来,怎么也精致不起来,怎么也"妙"

不起来的时候，尤其是，你所教授的技艺趣味引不起他的兴趣的时候，你能不能判断他"不是没有天才，而可能是另外一种天才"？有没有这雅量？有没有这眼力？

塞尚画出来了，成功了，打开了一条更宽的路，让更多的人敢走的路。千千万万过去自卑于平庸的、不天才的、不开窍的、不精致、不雅致、笨拙的人，发现自己未必"没有什么细胞"。天才是不是永远只能是极个别的人？成功的幸运儿的确永远个别，但跟天赋才华不是一回事，天赋朴素单纯得多。

4

农民不光是想画画，还想飞。

前些年就有报道农民造飞机，说是手工造的飞机真的还飞了若干米，但可以想象那是很笨拙的，怎堪与波音、空客同日而语。

农民想飞，作为一个油画题材，我记忆里有两个作品：一幅是新近画的，讥笑中国当代农民木匠在制造飞机，那也叫飞机？露天作业，鸡畜横行，还有猪，热闹得不成体统。另一幅是俄国画家科尔若夫画的。俄国历史上有个青年农夫梦想飞行，发明双翼捆在自己身上，从高处跳下。画面是已经摔死的青年伏在青草地上，静静的四肢伸展着，好像还在飞翔。

我喜欢科尔若夫这画。

同一件事，你怎么看？科尔若夫的画让我肃然起敬。业余的画家，业余的飞机，木匠齐白石，乡巴佬罗蒙诺索夫，农奴舍甫琴科，谁笑话人家谁自己丢人。

办学校讲究办学思想，作画贵在立意本身。

5

不管别人笑话不笑话，自己要想画好还要下功夫。想飞的人要想真飞起来还要千辛万苦努力。

比方年画，常见对于农民画最有影响的就是年画。对年画怎么看？

民间年画在社会上流传久远，人见人爱喜闻乐见，好看。

但是换个场合，如果不是过年的时候看年画是不是就有点太吉利了，太喜庆了，太"喜欢人儿"了，每句话都是"唠的过年嗑儿"。所谓艳俗可爱的味道，不光说"月份牌年画"，就连木版年画里也是深入骨髓的。大团圆的构图、圆满的造型、悦目的色彩，不是讨好也距讨好不远，不是献媚也距献媚不远，人们对"说吉利话"都有几分警觉：那算不算真诚的感受呢？

古元那一代人也借鉴年画了，但借鉴的也只是一些，自己的主心骨是硬的，品质好。20世纪80年代过去再看那些版画还在一个高处，在时代的制高点上。罗工柳借鉴年画，说是油画不必画阴阳脸，但只是方法，他们笔下的形象完全不是年画那种吉庆有余的媚态，不是红光亮，不是高大全。看他们画的老百姓，那些走路的，那些争吵的，那些开会的，都不讨好谁。

民间的遗产当然不是全都好，不是现成好使的。

作者从民间走出来，走上真正艺术的路也要脱胎换骨，万水千山。

艺术是心和心的互动，画画是心的修炼。

如果能像苏高礼先生说的开设专栏，不断介绍这类素人画家，介绍他们想飞的努力，一定让我们大开眼界，因为人间才华千姿百态、不可穷尽、丰富多彩，远远超出想象。

2016 年 6 月 20 日

四月惠安雨

1

四月，在温暖的、润润的、细密的春雨里，又一次来到著名的、有几分神秘的惠安崇武。

出来写生的习惯是避免总换住处。所谓"打一枪换一个地方"，嫌景色不够好，画两天就走，往往是眼花缭乱。相反安心住下来，却会在很不起眼的地方看出些东西，画出味道，画出新意。再一个习惯是，打前站做安排的时候，要优先考虑画人物的安排。当地的人肯不肯配合？这是首要的前提。老百姓不让人画像的事已经不多了，但仍然还有。去年在广东的从化，不算什么偏远的乡村，却请不动模特，在集市上看中一位四十多岁的农妇，清瘦、大方、端正，我们派出一位女学员去谈，从市场上一直谈到她的家里，怎么也劝说不动。而她拒绝的理由竟然是担心"去陌生的地方被人摘取器官"！外出写生优先安排了能够画的人物，就有了住下来画一段时间的基础，哪怕是遇上连日的阴雨大风，也不怕出不了门。人物写生是"全天候"的，可以"兜底儿的"，风景不然，风景是"靠天吃饭"。

2

著名的惠安女在消失。因为惠安女是渔民家属，而渔业本身就变了。当初的渔民出海九死一生，不光是辛苦。现在船上都安着GPS，有风浪预报，有不同品种鱼群的位置。

何况挣钱的路子多起来，渔业不再是进钱唯一产业，现在崇武"石雕"工场遍地，菩萨、佛像、狮子、老鹰、大象、天王力士，白花花的，东一片西一片的。看上去崇武的主业已经变成石头加工了。

渔业衰落了，打鱼能人流落出去了，到别的地方打鱼去了。听说，石雕的兴盛是因为日本的订件，订制石头的墓碑。大概是20世纪80年代吧，外资啊，白花花的！说是当时引来了全国的雕塑专业的院校纷纷到崇武。也看到摄影艺术作品里出现不少"惠安女做影雕"的照片，未见得都是假装摆拍的，但总让人将信将疑，那是不是惠安女。

惠安女不是石工群体。她们的温良孝礼让的品德不是石工生活的产物。渔业变了，衰落了，惠安女还会有吗？文字记载里说到惠安女的压抑、苦闷，说她们有的跳河自尽。我也相信惠安女不光是贤惠勤劳，但也想到现代工业环境里的新女性，学了科学的，身着工装裤，有权选举，有权恋爱，但也自杀。不光是装束变了，举止做派也变了，脾气也变了。比一比当年的老照片！新女性会有新的风貌、新的信念、新的抗争，但也有新的苦闷、新的无奈。原来的惠安女的风采究竟什么样子？见是见不到了，只是在零星的、五光十色的断片里去拼接、组装成我们自己心目中的虚拟的形象。

四月惠安雨

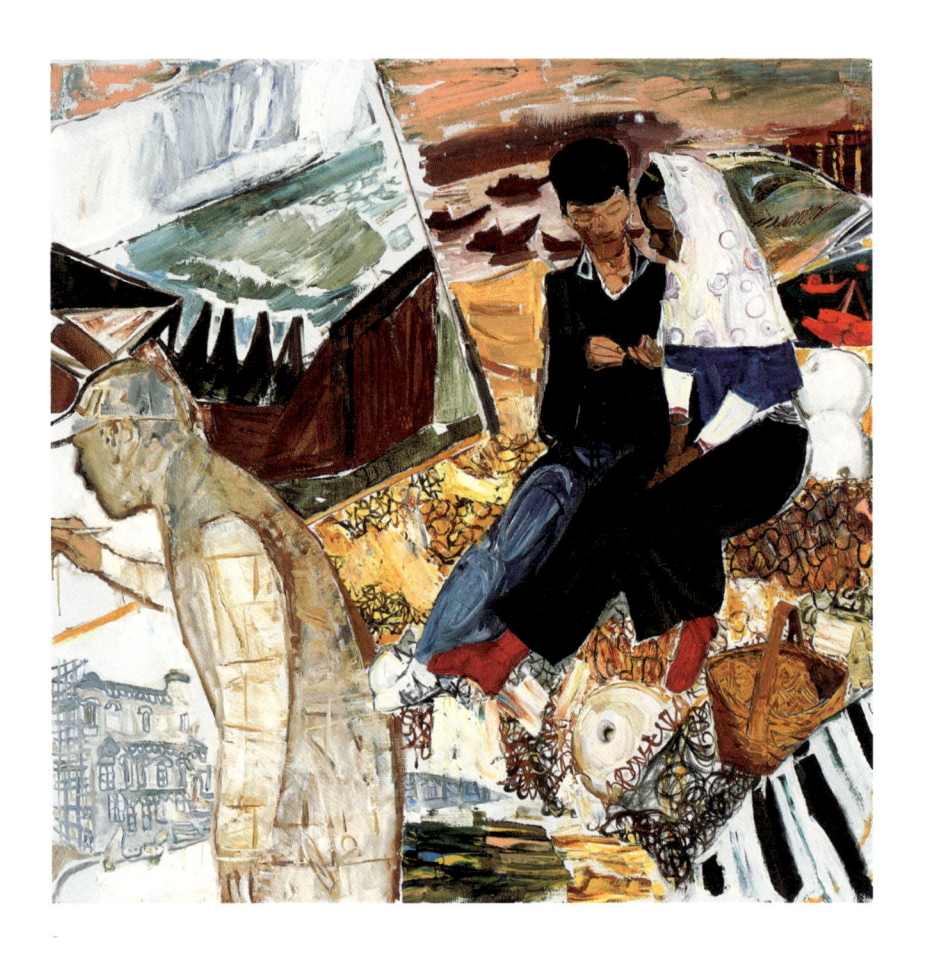

戴士和
《惠安行》局部
布面油画
2016 年

  这倒不是说就不能来画了，高更到塔希提的时候，岛上已经被文明开发过了，并不只是野人们出没的史前景色，但这现实并不妨碍高更绘画，画出他心目里对于人这个物种的另外的把握。

  高更也是"怀旧"吧？但是没有酸溜溜。

戴士和
《惠安行》局部
布面油画
2016年

3

说是在"写生",又有谁分得清究竟是写实还是在画心里虚拟的形象呢?而这个所谓的"究竟"又是否真有意义?

"写意"本身是个理想,追求的是凝练、朴素、自然。我看古今中外都有画家抱着这个类似的理想、类似的向往,它在中文语境里叫作"写意"。比方齐白石的画,比方莫奈晚年的《睡莲》,比方马蒂斯的《音乐》《舞蹈》,

四月惠安雨　237

比方伦勃朗的《浪子归来》，比方金农的作品，等等，超越了通常所谓"画得好"，超越了通常所谓的"生动""正确"的标准很多，朴素、深邃，以至于高山仰止，敬意油然而生，才猛然领悟到，有一种东西叫作"境界"。

抱有这个理想比没有这个理想为好，虽然，不一定非用"写意"这个字眼儿。

4

也是四月，弘一法师第一次来到惠安，净峰寺至今留着他住过的禅房。那是1935年的往事了。他对这里印象极好，说这里山石玲珑重叠，世所罕见，民风古朴犹存，千年来之装饰有如世外桃源。他在自述中说："余今年已五十又六，老病缠绵，衰颓日甚，久拟入山……今岁来净峰，见其峰峦苍古，颇适幽居，遂于四月十二日入山，将终老于是矣。"他说这话是四月十五日，也就是入寺后的第三天，是在为寺院众僧说戒的时候讲的。

他的意向很认真，看他禅房里的木床是他自己设计的，把床板做高一点，床板下面设计成柜子，可以储放被子、衣物。当时人习惯马桶，他却设计了冲水厕所，还在厕所外面圈定了一个形如花瓣的花圃，亲自种植菊花，每天按时浇水。可见他打算"终老于是"的意向是认真的。禅房虽然很小，后院花圃也小，但是禅房有两扇小窗，可见阳光于朝暮。

但他终究还是离开了，而且是半年之后就走了，1935年10月，他随净峰住持取道东岭龙苍桥到了泉州，行前留有诗句：我到为植种／我行花未开／岂无佳色在／留待后人来。

他究竟为什么离开了惠安，对我来说还是个谜。

2016年4月30日

志向高远

编辑组稿,要求谈谈央美油画的教学特点。我自己是在20世纪70年代末进入央美油画系的,读书任教,总计三十几年。亲身经历的这段时期,中央美术学院油画系学术氛围还好,大家志向高远,不怎么跟身边的人计较得失高下。左邻右舍的兄弟院校里面有谁画得好,谁画了几张什么留校了,虽然也关注,但没想赶紧扬长避短之类的。都自视不低吧,所谓"天生我材必有用",有用不在混官场,而在画出东西来,什么叫画得好,有大师作品在那儿比着呢,天高地厚,不言自明。

央美油画系师资雄厚,但来源并非"师出同门",有徐悲鸿先生带来南京中大油画系的吴作人、冯法祀、艾中信等,也有解放区八路军进城来的胡一川、罗工柳等人,还有杭州过来的董希文、留日的王式廓等,几支不同背景的力量汇聚起来,但和而不同,共性很突出,就是都想画出最厉害的油画来,都很亢奋,都觉得生逢盛世,当仁不让,要干出点大事来,新的中国就在自己眼

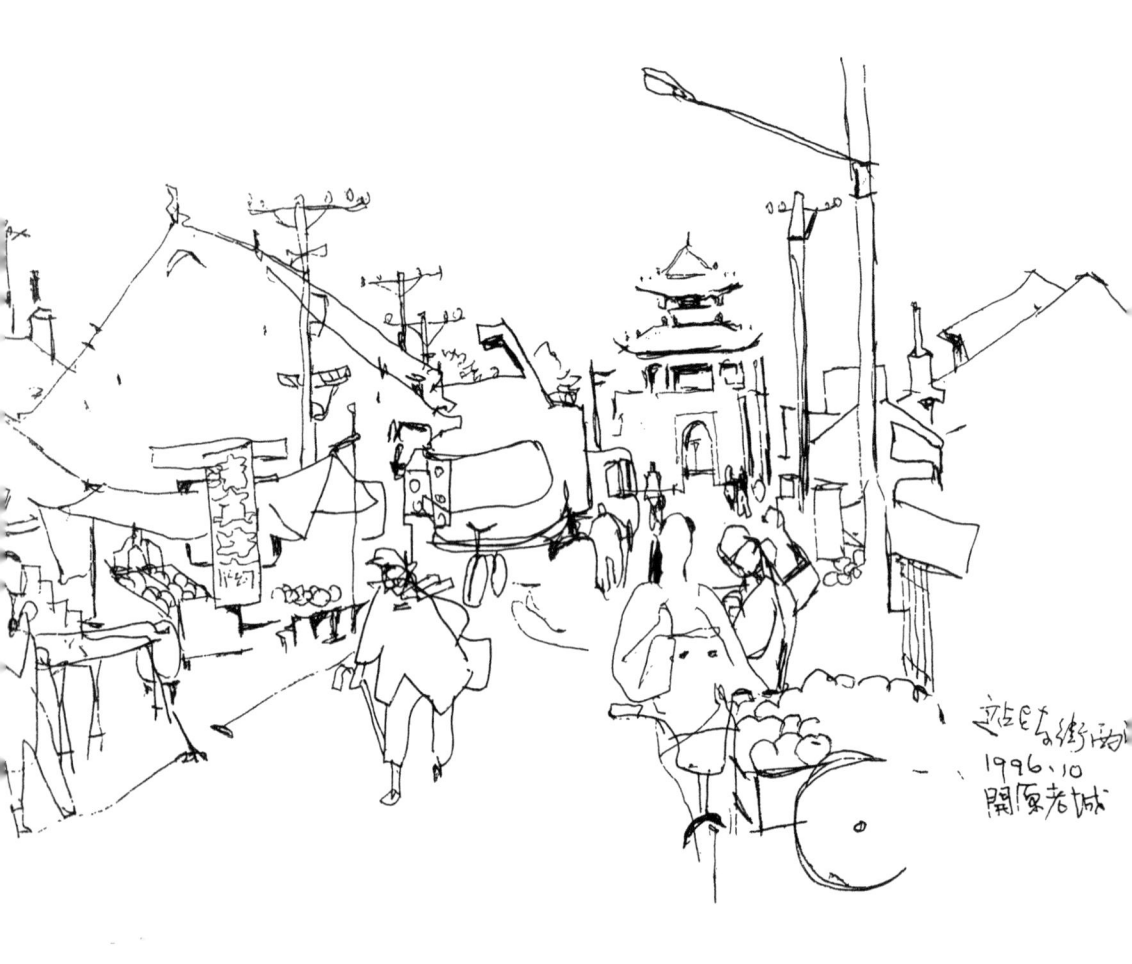

戴士和
开原老城
速写
1996年

前如日之升，不可阻挡，大家充满创作的激情。杭州的美院是央美的华东分院，武汉和广州分别是华中、华南分院，中央强权，最厉害的师资相对最集中的就是北京了。那个时候如果谈特点，那恐怕最突出、最没办法比的特点，就在于太多的名师被集中在央美了。

光是强手如林还不行，人多，更要管理得当。这就要说 1960 年的"导师工作室"的设立。央美油画系是在全国率先设立导师工作室的。油画系分设了三个导师工作室。第一工作室吴作人先生领导，第二工作室罗工柳先生领导，第三工作室董希文先生领导。各招各的学生，各做各的教学大纲，各做各的教学计划，各判各的专业成绩，彼此之间各有侧重，各成体系，整个油画系的发展也由此进入了全盛的繁荣期，成就了三足鼎立的"学术集群"。

油画系教学分设导师工作室，央美油画系在全国兄弟院校里首先做起来，此举影响巨大。

油画怎么才能画好？既要下功夫把洋油画学过来，又不能迷信，一定要发扬自己的文化传统，"引进"和"本土化"，两方面缺一不可。在几代油画家里面，这是共识。有没有偏见？当然也有，比方说排斥西洋，单讲传统的意见；比方说排斥传统，单讲西化、拿西洋油画当作自己的本源。偏见有，但不是主流，油画系的主将们在这个问题上，大方向是稳的，是有共识的。

这是一个大课题，中国所有油画家、兄弟院校共同的大课题、学术课题、时代课题。看谁能够回答得好？谁的回答质量更高？用作品、用研究、用教学实践给出回答。2004 年欣逢白石老人一百四十岁诞辰，油画系邀约上海油雕院及各地油画家联合办展作为纪念。展览活动更多带有联谊的性质，轻松愉快，毫无摆擂台的意思，其中作者们身为油画家仍然愿意向自己的民族传统去寻源问道，是共同的心愿。

2016 年 3 月 10 日

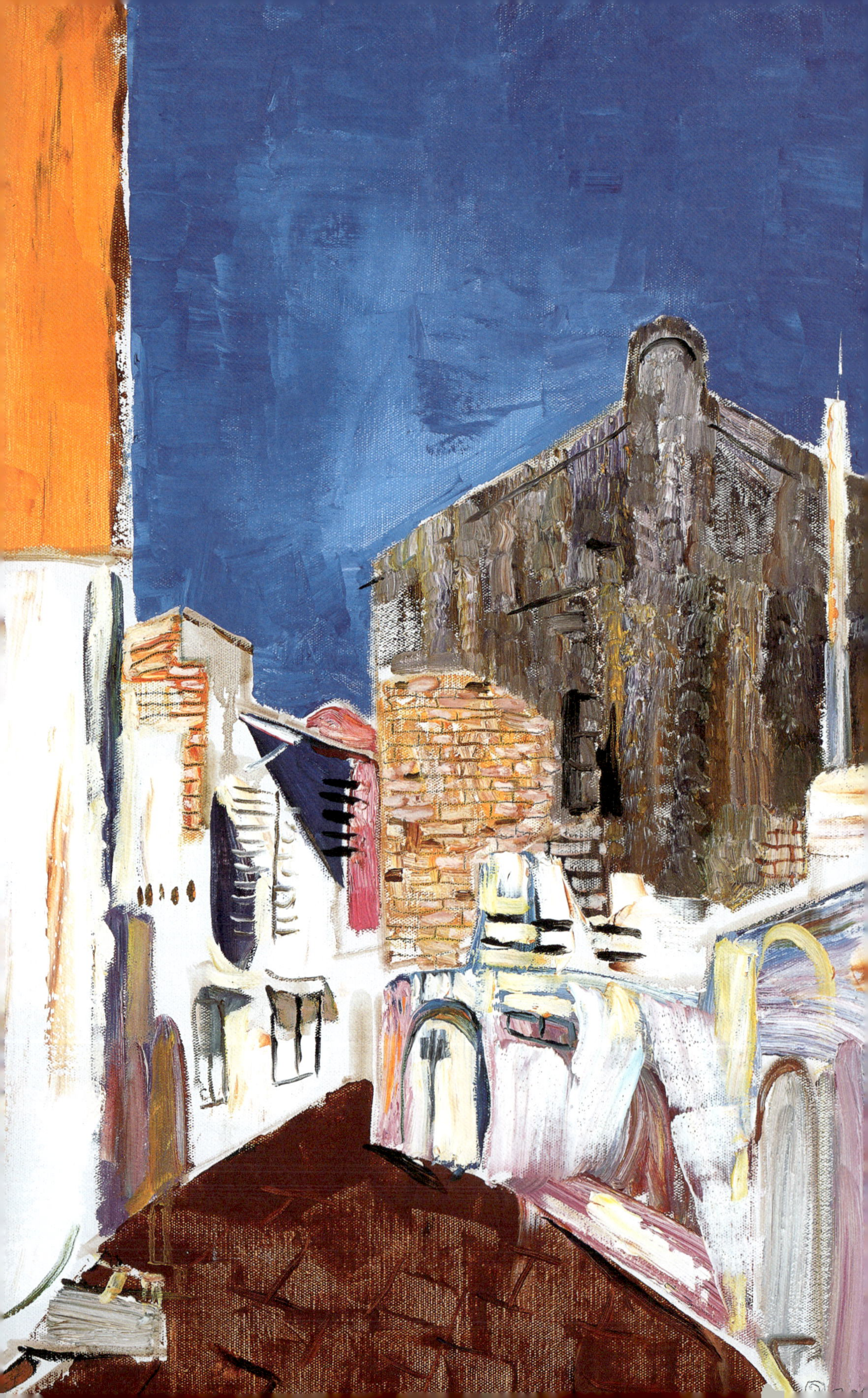

不迷信洋的主义

1

  我算老三届，从小喜欢洋的东西。传统的东西不爱看，觉得很没落。老戏、曲艺什么的都看不下去，但也不能一概而论，唐诗还是从小就喜欢，总有那么几句读到心里头去了，后来几十年再遇上什么还能从心里冒出来。洋人的诗再好也代替不了。普希金敢说比李白写得好吗？哪个中国人也不服，从心底里。齐白石也是个例外，他胡子白白的像个古人，可画并不老旧，一枝牵牛花那么挺拔，英姿勃发的。他的牵牛花我也是从小就看进去了，在自己心里把它养活了，后来任何时候再想起来还是会心动。

  青少年时期文化大环境是洋东西排山倒海。文化上的哪个主义不是洋的？后来的阅历增加了，在国外看得多一些，想法逐渐变了。

2

"五四运动"过去了100年,今天怎么看?错了吗?

"五四运动"了不起。新文化运动了不起。那一代人破除迷信,放眼世界,把思想的航船放到全球视野里,开始了一个重新打造的历程。当时针对的迷信是迷信传统。

一百年了,抚今追昔、审时度势,仍然需要破除迷信,破除什么迷信呢?对西方文化的迷信也要破除,对各种洋的主义也不能迷信,也要独立思考。

打破洋迷信,这是对"五四精神"的继承。

3

现实主义,就是一个洋主义。

洋的主义有一个好处就是不太含糊,比较清楚。现实主义是哪国人提的?什么时候提的?针对当时什么东西提的?都清清楚楚。就算是被后来人引申了,也还是清楚的。不是说洋的就不好,但洋的主义跟中国文学、中国美术绘画的历史扦格不入。

20世纪中叶,罗工柳先生看了欧洲原作以后并不满足,并不迷信,没有腿软。于是他提出"写意油画""写意精神""油画大写意"。

他说把国外学得差不多时,就感到西方的油画好像缺个东西,缺什么不清楚,一下子说不出来,总感到不够味……像每天吃西餐,反而觉得不如吃一顿小米稀饭好了,这有一个习惯的问题,民族的问题,口味的问题。这个东西是很虚的,说不出来,但是能感觉到。

他说当时（留苏时）已经越来越反感"繁、满、实、抠、腻、死、板"。

在留苏回来的画家里，罗先生成就特别突出，他学得主动。提出"写意"，他并不是反对写实，相反，他强调一定要学生先把"列宁格勒一套"学到手，但他不认为写实就够了，在写实的基础上，发扬中国艺术的写意精神那才真的好了，写实和写意结合起来，中国油画前途无量（刘骁纯整理《罗工柳先生艺术对话录》，山西教育出版社，1999年版）。

4

19世纪以来中西方文化碰撞，怎么办？是中体西用还是西体中用？什么为"体"？什么为"用"？这些字眼儿很大，画画儿雕虫小技，能顶得起来吗？

就说油画在中国的所谓的"装饰风"吧。装饰风、平面性这些趣味，好像是伴随着油画民族化、本土化的潮流带起来的，敦煌、皮影都是平面的，有趣，但是不是背离了人家正宗油画的"核心价值"呢？

把平面装饰都归到中国民族的遗产，其实是误会。西方的中世纪，甚至古希腊的绘画也装饰，也平面，而且很多很多。达·芬奇的画面，我看正是平面为体，装饰为体，光影为用，写实为用，并非一味的写实。他自己讲画面，也总是说"浮雕感"，趣味介于平面和空间立体之间，总体上、大局上还以平面为主的。法国近代的安格尔，细节上写实，构图上潜在有多少平面考虑！艾尔·格列柯也是这样。平面性、装饰性其实在洋人洋画中一直也有，包括用线条造型，线的趣味。所谓民族的东西比平面、比线条这些还要深一些。就像说做菜，做不做冷盘？做不做汤？做不做主菜？这些名目类型其实各家各派都可以有，甚至甜的、辣的也都可以有，菜系之间区别不在名目上，还是更深入一点的味道和讲究不一样，只是一丁点儿，可这一丁点儿里面的信息含量很大，东西很多，只怕是读不出来。

5

油画装饰风有两条路子。

一个路子，以董希文的《哈萨克牧女》为例，是传统造型为基础，写实造型为润饰的路子，或者叫作"敦煌为体、写实为用"的路子。后面，李化吉先生的《文成公主》巨幅油画，接力了这个路子，再一次给油画的发展敲响晨钟。

传统的造型，重视"剪影"就是重视平面，重外轮廓的表情，重轮廓线的整理，重线与线之间的交会穿插。这里面产生的秩序和意味是画面整体表现力的核心基础。其中具体出场人物的个体表现力还在其次，而且也是靠动态、靠大形来表达。外行关注五官面目，内行知道那并非画面要害所在。所以，人物的脸、手的写实具体性，并不是画的第一要义，也不是大画家最得意的看家本事。比如敦煌，比如八十七神仙图卷。

如果以为能力只是个体的结构造型能力，只有个体的空间结构塑造是硬功夫而其他只是烘烘气氛，可以大概齐，可以不懂得在意、不懂得推敲，就会谨毛而失貌。从传统来说这也该算是个"断层"吧？

另一个路子，是写实为体，归纳色块。

罗工柳、梅尔尼科夫都作色块的归纳，梅尔尼科夫作纪念性大型绘画，更需要"整"一些，大的效果远的效果更单纯些，平面的归纳、整合更明确一些。讲究 silhouette（形状），但这是从写生的、写实的画面出发，再把视觉效果往平面的装饰上面靠过去，也可以叫"写实为体、装饰为用"。学西画写生出身的画家大多是这路。这路子算是"洋的"？算是"中的"？我看这路子也是"兼容中西"，但从西洋写实入手的。

6

动手画的时候，其实摘不清楚中还是西。也不用分心想自己的"身份"。就用画笔专心讲好自己吧，讲好自己的生命体验，尽兴，透彻。

古今中外的方法，没有哪个是现成就好使的。别人的语言拿来讲自己的故事总是言不尽意，总得改一改、动一动。不为了彰显"个性"，不为了"与众不同"，不为了"与时俱进"，只为了把自己的意思说清楚，说到中肯、贴切。

应该有信心一个人的故事也是中国人的故事，一个人的生命体验也是当代地球人的生命体验，"活着的"传统、民族精神生活的方式都可以包含在里面。

我相信这一两个世纪中国人经历的变动是很大很深的，也相信儒释道一定活在未来的新的文明里，但是不是还叫作儒释道，却难说，很难说。

2015 年 12 月 18 日

刺出血来

1

理查德·迪本科恩这个名字我是1993年才第一次注意到,真是孤陋寡闻。当时在美国的一家艺术书店里乱翻画册,猛然间被他的作品集打动了,几乎是一见倾心,那种生猛质朴、那种单刀直入的视觉冲击力和神秘别致的心理感受都与众不同。

后来知道,1993年也是他辞世的年头,他当过兵,生前大部分时间居住加州。

2

迪本科恩的画分三个阶段。

第一段是抽象的,20世纪40年代末50年代初的美国艺术青年都兴"抽象表现主义",都醉心于"无景深",醉心于"平面的表现力"。

理查德·迪本科恩
剪刀
1962 年

　　第二段转到具象，在 1955 年前后他突然放弃抽象，画了很多精彩的作品，室内题材，大风景，静物，等等。第三段重回抽象，从 1967 年前后直至过世。

　　我是被他第二阶段的作品吸引了。

　　那些俯瞰的大风景，横条纹的田野，纵贯的公路，真是画意十足。画笔激情挥洒，同时又能笔笔到位，既是自由奔放又是神枪手一般准确无误。

　　那些室内景，色块切割得又利落又别致。阳台上远眺，光影交错，既炫目，又苦涩。远景对照近景，透视的深度和平面组合趣味之间互相支撑，平淡的日常小景获得了硬朗朗的力度。

　　更难忘他的小静物。

　　一组日用品，一组文具。一把平常的剪刀，修长的，明晃晃的阴森。是熟悉的质地，又投射出陌生的芒刺，令人注目。如同视觉的寓言，视觉的短诗，让常见的静物有了不常见的灵魂，把什么故事埋藏在里面。我们常说画面"有没有意思"，那剪刀真的有点意思能把人的注意力揪住，虽然未必说得清楚那是个什么意思，但是断定有什么把视觉和心灵之间打通，或者说有一支芒刺把习见的平庸的昏昏欲睡的生活与敏感心灵之间那层隔膜刺穿，刺出血来。

想起齐白石画的剪子，黑色的老式的圆圆的把手，锻铁的柔韧，同时又是坚硬锋利的，既形状灵巧又还是沉甸甸的有些分量。跟迪本科恩不同，是另一种"意思"，也刺穿了什么隔膜让人难忘。

3

画出来的剪刀，"肖似"生活中的那把剪刀，但是当然并不是，不可能也不必是生活里的那原型的复制，画面上画出来的，其实是作者心里被刺出来的那么一点血。

芒刺总是具体的，不重复的。同一把剪刀被大家见到，你被它的冰冷刺伤，我为它的锋刃打动，并不是同一支芒刺，也不是刺痛了心里同一个地方。没有万能的芒刺，也没有通用的芒刺，即使同一位作者，极而言之，他面对每个新题材，每次写生，每次落笔，各有不同。就像齐白石画虾千千万万，但每次下笔还要在心里找那点意思，那一点点"心疼之处"，那点点血；就像梅兰芳无论登台演出千次百次，每次"贵妃醉酒"还要在后台调整心绪，正襟危坐，魂兮归来，而绝不能轻车熟路，靠着现成办法，依着既定规则照本宣科。

4

迪本科恩他们几个朋友在西海岸这边画画，有人说是个"海湾画派"，他们画面上的灵感也像是跟海湾有些关系，那么开阔，而且亮丽斑斓，但是他们自己不想被别人归纳成任何派别，包括学院派，几个人都爱自由，彼此之间也无意保持一致。

据说每个星期四的晚上他们聚会，先晚餐再画模特，这活动持续了竟有十年左右。天津的孙建平先生编辑过他们的一本速写，大都是他们聚会期间的作品，很好看，在我看来，也是挺写意的。

写意是中国概念，拿去说油画甚至说洋人油画行不行？看来也非"无用武之地"，可以推而广之，泛指一种艺术上的理想，一种追求。比方莫奈晚年画那几件巨大的《睡莲》，高度写意了，登峰造极出神入化，凝练得不能再凝练，浑厚得不能再浑厚，苍茫得不能再苍茫，自然得不能再自然，达到他一生艺术理想的极致。比方伦勃朗的《浪子归来》，也是深邃之极、凝练之极、辉煌之极、平凡之极，太写意了！

画写实的时候常有写意的心理冲动，细节越多越想概括，想让画面更整。白话文取代了古文以后，平白易懂，但难免啰唆，难免琐碎，这时候再回过头来重读古文，那种精练，那种挺拔，还是荡气回肠，不忍割舍。

迪本科恩他们常年画的人体速写，如果给外行看，也许会嫌潦草，有很多解剖的疏漏，但懂的人能感到作品的力度，那是一丝不苟、全神贯注、兴味纯正的好东西，是排除了常见的套话、行话、空话之后的真知灼见，每一幅都清新入骨、鲜明透彻。他们把速写当作"看"的练习：在模特身上你究竟看到了什么值得一谈，请直说无妨。

2015 年 10 月 22 日

阿尔泰山下

七月下旬到新疆阿尔泰山区去了十来天，本该说是"写生"，但是连来带去才十来天，一晃而过，真不大好意思。说是旅游、避暑吧，还差不太多。北疆的景色漂亮，但是对于它的历史和人文实在知道得太少，所以一到这儿就提出要求，希望能安排个比较详细的介绍，给我们讲一讲本地的故事、人物。但是接待方显然是不方便，我们提了几次也得不到积极回应，只是满口答应并不落实，最后找人介绍了当地的一个矿区的历史，算是很尽力了。我们也就此闭嘴，不能再强人所难。

外出写生的时候，有机会就想办法借当地的县志、州志来翻翻，很有意思。对于历史上发生过的事情、风俗习惯，知道得越多，眼前见到的景物也就越好看，越有看头了。

如果能请教当地的有学问的老人，就更有意思。可惜的是，新编的县志大都不如旧的好看，真是越编越无聊，差不多编成现任的县太爷的功劳簿了，

戴士和
当年毕业歌
布面油画
60cmx50cm
2015年

主要篇幅是讲工农业生产新纪录，基本可以不看了。所幸旧的县志还在，还能借出来。

　　写生，不是说"画自己眼睛之所见"吗？

　　"所见"的质量高低，"所见"的数量多少，有意思没意思，都取决于自己的主动选择，而不是被动的获取。

　　从乌鲁木齐北上，穿过巨大的准噶尔盆地，景色既单调又变化无穷，一

阿尔泰山下　　253

会儿像是来到荒蛮的外星球上,"一川碎石大如斗,随风满地石乱走",忽而又风车悠悠、牛羊悠悠。丝绸之路吗?古战场吗?"眼之所见"究竟是什么呢?

大凡按着"眼之所见"画画都属于写实大类吧,但是"眼之所见"却是人各不同。不是略有不同,而是处处都不同,不是大体上差不多,而是差得多。

所以,按眼之所见画画,画写实的画,并不会画成千篇一律、千人一面的单调重复。

对待生活太功利了不行。

如果纯粹为了画画去看,有目的,就难于看出什么。"到生活里面去",如果是一味去找"入画的"形象或者是去找笔墨,找构图,结果都难免入套路,意思不大。年轻的时候心急,一门心思多画就好。过了那一段才懂得:不如先把画画的心思稍微放下,把画画的计划稍微放下,别一进村就开始算日子,生怕少画了几张。多一点好奇,安心看看,跟当地人聊聊,找资料读读,仿佛是耽误了几天时间,也许心得、新意就从里面出来了。别急,"仙人有待乘黄鹤,海客无心随白鸥"。

写意的画,不是对"意"特别放任,特别纵容,相反,是对"意"特别挑剔,特别讲究才是。

2015 年 8 月 22 日

江石文夫妇

春节前,去新加坡、马来西亚写生,也看了些画廊、展览。赤道风情,每天在炎热和潮湿里度过,三五天之后才慢慢适应过来,出的汗少了一些。我们一行人年龄最大的是曹新林先生,他一边画画一边摄影,还一直兴致勃勃的有想法,真让人佩服。这是"生命活力"吧,所谓"原始生命冲动"所致。曹先生自己讲,人心里面有魔有道,"道"讲究秩序讲究规矩,"魔"是无法无天,不安于现状,不服从管理,要出轨,要惹事。他说人生几十年,心里的魔和道之间互相斗,所谓道高一尺魔高一丈,绝对的制服是从来也做不到。曹先生笑着说,要是老了,要是没有魔了,怎么办?

江石文先生很热心,他是马来西亚的华人画家,画油画,住在著名的马六甲市,就是那个最引人注目的南海争端的要害位置之一的马六甲海峡。他是一把好手,画街市喧闹,画人群光影,具象的场景被他概括成平面的色块,色块被他主动地组织成韵律节奏。一两米幅面的大油画至少有几十件,在他的画室里陈列着。

江先生既有写实的敏感，又有抽象的兴趣，画面上的这种半抽象的状态我觉得熟悉，也很亲切，在中国20世纪八九十年代也有类似的尝试，至今在各省各地的画家的风景类型里多见。江先生很耐心，他画室里几十件作品的制作程度很稳定，每一件都要做到自己力量的极限为止。所以各件之间比不出哪件省力，哪件顺手，更比不出哪件偷懒。马来西亚的首都吉隆坡有一座高层大楼叫双子座，是曾经创了世界纪录的高塔。这双子座落成时，在首层门厅陈列的双子座建筑设计效果图，就出自江先生之手，这图也在门厅陈列至今。

江先生和他的太太高高兴兴一起做模特，给我们画了双人肖像。他的太太纳柏盼，泰国人，是江先生在泰国作展览时认识的粉丝，嫁过来以后也画油画，画些小幅的水果，很好看。江先生和太太生活得比较舒心，看得出彼此欣赏，也互相体贴，心态阳光。江先生说，既然学画，就要准备应对市场行情的变化，也许一段时间卖好了，但又可能一段时间卖不动了。他说有些当地人自己习惯不好，懒，但是抱团排挤肯干的人，把好的机会垄断起来。但是没有用，江先生说，最后看来有成就的还是肯干的人，尽管条件那么艰难。

江先生中文很好，他订阅咱们的《美术》杂志。

二战结束后，新加坡几位画家在印尼巴厘岛写生，有些高更的味道，有些不拘泥于常规欧洲写实的追求。在民族民主运动的背景下，他们的社会影响逐渐扩大，直至被指认为"南洋风格"的代表。

官方和主流文化界的指认或培植本身，是一种文化自觉，一种雄心。

想起我们广西说"打造漓江画派"。

想起20世纪60年代日本把"几座大山"推向世界。

想起我们常年讲的"民族化"，讲"写意油画"，等等。

这些历史现象之间有可比性，也不尽相同。

看过新加坡、马来西亚的一些展览之后，究竟何谓"南洋风格"在我脑子里仍旧不甚了了。就画论画，比较有力量的，竟还是一些类似于中国"土油画"的作品。在中国说"土油画"是指民国时期及新中国成立之初的油画，与马克西莫夫之后的"科学的"造型相比，比较土，比较笨，解剖结构毛病比较明显；与马克西莫夫之后的"科学的"色彩相比，不够雅致。但是，半个多世纪过来回头再看土油画，倒是仿佛多了些诚恳，多了些凝重，多了些品格上的优势。"土油画"，在中国也可以叫"马前"的油画，今天看绝非一无是处。当然，"马后"也有好油画。在新加坡、马来西亚的博物馆里总有些入时的作品让我有些看不进去，有些将信将疑，但是几件土油画，一五一十地讲述人和事，一笔一画恳切地袒露真实感受，不煽情不矫情，言之凿凿平实可信，这些品质比风格样式科学及原创性之类都重要些。也只有在这个基础上，画才站得住，才有被分类被归为什么流派的"入场券"。

四进考场

1

端午节前有机会去看了一所中学,是北京的一所普通高中,偏重美术专业,不少毕业生是奔着美术院校准备高考的,他们白天上文化课,晚上安排美术的专业课。

所谓专业课,就是"应试"课。这不奇怪,很多年都如此了。耳目一新的是:每个学生抱着一本印刷品的"范画"在临摹,大家压根不写生了!因为高考升学已经不考写生只考默写。

老师抱歉地解释说:"学校条件还不好,安排模特有困难,所以不写生了。"

我看教室没有模特台,也没有衬布静物,更没有围成一圈儿的画架画板,就像普通的自习室,一排排桌椅,学生们挨排坐进去,各忙各的,各抱着各的范画册子,各临各的作业,有人临灯光石膏,有人临头像,也有人临静物。就像自习教室里各人忙各人的事一样。

范画册子是上面印发下来的,我翻看了一下,应该是院校学生的那种标准作业，全因素的，长时间完成的写生作业。

升学考试，过去都是考写生的，这两年改了，到处都改成考默写了。说是考写生没办法判分评卷，卷子太多了，评卷的怎么知道你画的何人？像也不像？何况请模特来考场是花钱的，摆静物也要成本，不如干脆"默写"，大家省事，教育也产业化嘛。

本来所谓"默写"，是对于写生的默写。实际变了，变成对于临摹的默写，结果学得更窄了，考卷上能够看出来的东西更少了，更假了。假默写，比假写生更假。

学生不想这些，只想自己怎么画得好些，一个女生指着临摹的头像问我，究竟要不要画得跟范画一模一样？还是要尊重自己个人的感受呢？

看她认真的样子，我恍然想起。当初考写生的年代里，学生曾经问，究竟要不要画得跟模特一模一样？还是要尊重自己个人的感受呢？

2

想起我亲身经历的四进考场。

第一次是去考景山少年宫的绘画组。1961年，我初一，喜欢画，但是压根儿不知道"专业考试"为何物，只知道必须通过考试才能录取，毕竟景山少年宫是当年孩子们心里的最高学府，所以很紧张。

辅导员乔治老师打开门，听清我的来意就和气地让我进了教室，让我在一张大的长条桌子旁边坐下，给我纸和笔，让我随便画一张什么，什么都行。用现在的话说，是自由命题，不限工具，不限风格。教室里有十几个同学正在上课，高大明亮的古建筑里生机勃勃、安安静静。我一面好奇地打量四周，一面画完一幅小画，是春天植树吧，用铅笔不加颜色的。

走出景山大门，回望绿树红墙，心里好轻松，原来这考试是随到随考的，而且也并不指定画什么。那年代，能考进少年宫学习的人不多，很自豪。这次是等于考了"创作"，我不怵，正常发挥，得益于平时画黑板报，经常"编"着画小人，也叫"默写"吧。

3

第二次进考场是1973年了，考进北京师院学画，当时也是北京市唯一的美术专业高校恢复了招生考试，机会十分难得。但考的科目太多了，那次是连数学、物理、化学都一起让我们闭卷笔试一遍。当时我的身份是青年工人，美术是业余爱好，创作习作就画过一点儿。

专业考试是常规考题——素描头像写生。负责的老师是丁慈康先生——浙美毕业到北京师院任教的中年油画家。他来管宣武区的考场，全区总共只有十来个考生。发下八开的纸，领了画板，用铅笔画，三个小时，到交卷的时候，考生互相看看考卷也大体心里有底了。

那次文化课考得太凶狠了，印象很深。我年轻时争强好胜，听说那些文化考试的科目就恶补，相比之下，专业课反而吃老本，没怎么准备。

4

第三、第四次是1979年的考研。那年的考期安排，是中央工艺在前一周，中央美院在后一周，时间错开方便考生。我也就有机会见识了这两个不同的考场。

中央工艺装潢专业的主考是吴冠中先生。先考速写，画女人体，每十分钟换个动作。当时的人体模特还穿着小内裤，现在觉得不可思议了。吴先生不考长期作业，创作考试是自由命题的风景。工具不限，考生多用水粉，方便。吴先生不要求画面一定有人物，但明确要风景，这跟他的艺术主张是一致的。口试，吴先生准备了几百张彩色小画片，大都是西洋不太知名的油画，各家各派五花八门。他让我从中指出哪些画喜欢，哪些不喜欢，能说出为什么也好，说不出来也没关系。整个口试一共只问了这么一道考题，我想他是看重考生口味高低。

央美油画系是第一次招壁画研究生，侯一民先生主持。先考素描男人体写生全天，再考油画女着衣半身写生全天。第三天创作，出了两道题选作，一是给某纪念碑设计壁雕，一是给某机场候机大厅设计壁画。口试的时候有十余位先生到场，摆了白桌布。"什么是现实主义？""你怎么看伤痕文学？""人体艺术与色情的区别是什么？"老师们逐一发问，侯先生本人一直听，最后只提了一个问题："你今后的志向是什么？"各科成绩是计算平均分数。先由老师分别署名打分，再由工作人员计算出平均数，百分制。

我以考生身份进美术考场就是这么四次。

从专业选拔的角度讲，考试方法应该因人而异，首先是因主考教员而有不同，让招生的教员看清楚自己未来学生的资质、潜力。不同的老师，艺术上最在意的东西就不同。古人说"我劝天公重抖擞，不拘一格降人才"。如今的状况是天降的人才已经不拘一格，问题是美术院校怎么把他们招进来？

2015 年 6 月 23 日